文芸社セレクション

夕暮れに透明な恋をした。

はに。

文芸社

目次

プロローグ　始まりの夏。

人は愛ゆえに迷うこともあれば、愛ゆえに迷わないこともある。

あなたはなぜその人なのか説明できないくらい、どうしようもなく人を愛したことがありますか？

これは三人と一人の愛のお話。

三人とも、お互いをとても愛していた。

そして一人をとても愛していたから、一度はひどく壊れた。

□□□□□*□□□□□□□*□□□□□

ここは都会の端っこにある、小さな町の小さな治療院。今日は休診日で、この治療院の院長である瀬名美子《せなみこ》ものんびり事務作業をしていた。

チリンチリン……と治療院のドアが開いたときに鳴るドアベルが鳴って、治療院に入ってきたのはミコの一人息子で高校一年生の天《そら》と、どこか儚げな空気をまとった男性だった。

その人を見た途端、ミコの鼓動が一気にスピードアップして、思わず声が出そうになって口に手を当てて押さえた。

「かーちゃん?」

ミコの様子に天が怪訝な顔をする。

ミコは天の声で我に返るも、そこに佇む人から目を離せなかった。耳に鼓動が響く。

目の前にいる人は絶対ここに来てはいけない人だった。

「凜《りん》……ちゃん?　どうして?」

やっと絞り出した声も冷たくかすれている。

「ミコちゃん、ごめん。」

ミコの様子に、凜は少し青ざめて謝った。

「あれ?　大出《おおいで》先生ってかーちゃんと知り合いなの?!」

天がびっくりしたように言うと、凜はミコのほうに説明するように話しかける。

「偶然なんだ。天くんのクラスの英語の教員に産休代行で入ることになって、懐かしくて、そこの路地を歩いていたら天くんと出会ってしまって……ごめん、やっぱり来るべきじゃなかった……失礼するね。」

再び謝って、ミコの冷たい視線から逃げるように店を出て行った。

「かーちゃん！」

天は、今まで見たことのない冷たい表情で見送るミコに戸惑いつつも、凛を追いかけて行ってしまった。

チリンチリン……パタンとドアが開いて閉まる音がすると、ミコは足の力が抜けてそこに座り込んでしまった。

天がもう十六歳になるのだから、凛と会うのは十五年ぶりだろうか。もう二度と、二度と会わないでと……伝えていた。

「こんな日が来るなんて……。」

パタパタパタ……と、ミコの目からは大粒の涙が溢れては落ちる。

治療院の診療室にはちょうどあの日のように西日が差して、サンキャッチャーで落ちる光が部屋のあちこちをキラキラにしている。

もう二十年前の私たちが始まった夏休みの光景が、昨日のことのように思い浮かぶ。

□□□□□*□□□□□□□*□□□□□

ミコと壱《いち》は、夏休みに入るとミコのジーちゃん家《ち》に生活拠点を移す。

壱の両親はどちらも働いている。二人とも海外と取引やら商談やらする仕事だそうで、昼も夜も平日も休日も関係なく働いている。ミコと壱は四歳からジーちゃんの道場に通っていた。その頃は家族ぐるみで付き合っていたが、壱が小学生になるタイミングで母親が正社員復帰すると、両親は次第に壱のことに関心を向けなくなっていった。

「もう小学生だから大丈夫よね？」

「男だからできるよな？」

そんな魔法の言葉に洗脳されて、家族のいない冷たい部屋に一人取り残されて、食事はコンビニで買い、誰とも会話せずに一日を終えることもあった。

最初に壱の変化に気づいたのはジーちゃんだった。壱の目から子どもらしい光がどんどん消えていく。うわべは愛想よさそうに振る舞うも、その目は何も見ていないようだった。弓道場にはちゃんと通ってくるが、ルーティンで通っているような、時間をつぶしているような、そんな違和感を覚えた。

夏休みになると壱がぱったり弓道場に来なくなった。「家族で旅行にでも行ったか？」と思ったが妙な胸騒ぎがしてミコと散歩がてら壱のマンションに訪ねていくと、暗い部屋から壱が出てきてジーちゃんとミコの顔を見るとパタリと倒れてしまった。


学校が休みになるタイミングで両親ともに出張が入り家を何日も空けていた。壱は真っ暗な部屋で一人の時間が長すぎて、生活の時間が狂いだして自分がいつご飯を食べるのか、いやもう食べたのか、今が昼なのか夜なのかが分からなくなり脱水と栄養失調になっていた。

見かねたジーちゃんが夏休み期間中は壱を預かることになった。とはいえジーちゃんも治療院の仕事があるから、孫であるミコも一緒に預かり壱が一人きりになる時間をなるべく少なくした。それからは壱の両親が出張などがあるときはいつもジーちゃん家かミコの家に来るようになった。ミコの笑顔は次第に壱の心を明るいほうに導いていって、二人の親友関係は中学になっても変わることはなかった。

そうして迎えた七回目の夏休み。

いつもと違うのは、今年から二人とも中学生になってミコは部活で柔道を始めた。ジーちゃんの治療院を継ぐには柔道の級が必要だからだ。壱は部活には入らずにジーちゃんの手伝いをしながら弓道場で大人に交ざって稽古していた。だからミコは部活のある日はジーちゃん家から部活に行って、部活が終わったら帰って洗濯などの家事を一通り終えたら、壱と商店街で買い物をして夕ご飯を作ったりした。


ミコは、今年もそんな夏休みになると思っていたが、違った。

夏休みが始まって数日後、ジーちゃんが男の子を連れてきた。

「今日からしばらくうちに住むことになった五十嵐凜《いがらしりん》だ。いつまでかはわからないが、三人で仲良くやってくれ。」

凜は、ミコや壱と同じ年だった。家庭の事情でお母さんが不在の間、ジーちゃんが預かることになった。

凜は柊子《しゅうこ》ちゃんの施設の子どもだった。ジーちゃんの娘で、ミコの母の妹である柊子ちゃんは、児童養護のお仕事をしているシスターだ。

修道院の隣に立つ養護施設には、いろいろな事情で預けられた子どもたちがいる。

凜には特殊な事情があるらしく、施設ではなく柊子ちゃんがジーちゃんのところに連れてきたらしい。


凜は女の子より細い手足と乳白色の陶器のような肌をしていて、少し長めに伸びたくせ毛も色素が薄く日の光の下ではかなり茶色に見えた。大きな目は髪と同じ茶色の長いまつげで覆われている。その目がミコの隣の壱を見る。ミコも釣られて隣を見やると、壱は凜をじっと見つめていて、ミコには壱が凜に見惚れているように見えた。

「凜ちゃん？　私は瀬名美子、ミコって呼んでね。ほら、壱も自己紹介して。」

早速ミコは凜の荷物を引き取りながら笑顔で話しかける。いつまでも凜に見惚れている壱を肘でついて促す。

「あ、佐久間壱《さくまいち》だ。イチって呼んでくれたらいい。」

「壱、ほら見惚れてないで荷物運んで！」

「はぁ?!　みっ……見惚れてなんかッ！」

「あーはいはい。いいからドア開けて～。」

「ぷっ……ｗｗ」

ミコにからかわれて顔を真っ赤にして慌てる壱の様子に凜がたまらず噴き出すと、

ミコがぱあっと笑顔になって凜を覗き込む。

「あーやっぱり！　凜ちゃん笑ったらもっと綺麗！　ね？　壱もそう思うでしょ？」

「そうだな、確実にミコよりはな。」

「むむぅ～？　さてはおぬし、今日のメンチカツはいらないのだなぁ？」

「ミコ、いくらでもキレイって言うからメンチカツだけはお恵みください。」

じゃれながら凜を部屋に案内する。

「私が凜ちゃんの右隣で、左が壱ちゃんだよ。壱ちゃんのイビキがうるさかったら蹴飛ばしていいからね。」

「俺は、できればもう少し穏やかな起こし方を所望する。」


一週間もすると、凜はすっかり環境に慣れて、朝はミコや壱と一緒に道場の掃除をして、壱が稽古のときは道場で見学したり、ジーちゃんを手伝ったりして過ごした。ミコが帰ったら洗濯や料理も手伝った。口数は少ないけれど、少しずつ話もするようになった。とくに同じ年の男の子同士、慣れない家事なんかも壱がよく面倒を見ていた。

ミコと壱は夏休みになると、暇つぶしとトレーニングを兼ねてジーちゃん家の裏山にトレッキングにいく。凜は人込みに行きたがらなかったから、息抜きを兼ねて弓道場が休みの日にトレッキングへ誘った。

夏山を満喫して帰ってくると、ジーちゃんがくれた麦茶を飲みながら涼んでいるうちに、ミコと凜はうたた寝をしてしまった。それを見て壱は治療室から手頃なところにあったシーツを持ってきて二人にかけてやる。そして自分は治療室のベッドのほうに行って寝転がりながら漫画雑誌を読み始める。

どのくらい時間がたったのだろう。壱は自分の唇に何かが触れているのを感じて目が覚めた。いつの間にか眠っていたらしい。自分の頭の上のほうから西日が差し込んでまぶしいながらも目を開けると、すぐ横に壱が掛けてあげたシーツをまるで花嫁のベールみたいに被った凜がいた。凜の透明で儚げなその姿に壱は見惚れてしまった。

凜は大きな目で壱を見つめていて、そのまま顔が近づいてきたと思ったら壱の唇に凜の唇が着地した。壱は凜の長いまつげを見ながら、その柔らかい唇と少し汗ばんで上気してる透き通るような肌が自分の胸に重なると、熱が移ったみたいにくっついていた唇も胸も熱くなった。気が付くと凜の細い腰を抱きながら何度も何度もキスをしていた。

シーツの中の秘め事を、ミコは夢うつつに見ていた。

ふと目を覚ますと隣にいたはずの凛がいなくて、診療室の夕日の中に花嫁のようにシーツを被った凛がいた。それは今にも消えてしまいそうな儚さで、とてもとてもきれいだった。その凛がすーっとかがむようにすりガラスの向こうに消えていくのと同時に、ミコは再び訪れた睡魔に引き込まれていた。

夕暮れのシーツの中のキスから、ミコの知らない壱と凛の短くも濃ゆい夏が始まった。

壱も凛も人の体温を感じると安心できた。二人とも人肌が恋しかった。それが恋愛かというと今もって分からない。ただ、お互いを一人の人間として必要だったし愛おしいと思った。

しかしお互いの体温を求めあう行為には背徳感があった。二人は寂しさを感じる度に人目を避けてお互いを求めあった。

夏休みが終わる頃、その日は朝起きると柊子ちゃんがいた。

昼頃に珍しくビシッとスーツを着たお客がきた。

壱は、珍しく両親が帰っているとのことで自宅に戻っていた。

ミコがお茶を出しながらテーブルに置かれた名刺を見ると「弁護士」と書かれていた。

柊子ちゃんがミコに凜を呼んでくるように頼んで呼びに行くと、凜は手紙を書いているようだった。

ミコはなんだか邪魔してはいけない気がして、書き終えるのを待って声をかけると、凜は儚げに微笑んで手紙を渡してきた。

凜ちゃんは携帯電話を持っていなかった。

「こっちはミコちゃんに。あと、これは壱に渡してもらえるかな。」

「私、壱ちゃん呼ぶから！　直接渡したほうがいいよ！」

「ううん、せっかくお父さんやお母さんとの時間を過ごしているんだもの。ミコちゃんから渡して。」

「でも……今会わなかったら、凜ちゃんにいつ会えるか分からないんでしょ？」

「でも、ぼく、壱に会ったら行けなくなっちゃうよ。だから、お願い。」

そう言って悲しそうに微笑む凜ちゃんは、ミコが見た中で一番綺麗だった。

ミコと壱　実りの秋。

凛と過ごした中一の夏、突然の別れに壱はひどくショックを受けていたが、凛の手紙を読み終えるとその後はいつもと変わらない生活に戻った。ジーちゃんもミコもかなり心配をしていたが、拍子抜けするくらいに壱に変化はなかった。

あっという間に時は過ぎて、壱は高校生になるとグンと男らしくなって女の子から告白されたりすることも増えたけれど、ミコ以外の女の子とは話すらろくにしなかった。おかげでミコは女子のやっかみの対象になってしまうこともあったけれど、そんなときは壱が全力で守ってくれた。そのことがきっかけで、ミコの中では壱に対する恋心が芽生えたけれど、ミコはどうしてもこの気持ちを壱には言えなかった。何度も告白しようとは思った。でも、告白しようといざ壱と向きあうと、中一のあの夕暮れの光景がちらついた。

「あれは……夢、だったのかな。」

見た光景があまりに幻想的で、いまだに夢なのか現実なのかはっきりしなかった。

ただ、ミコだからこそ分かることがあった。壱の中にはいまだに凜がいるってことだ。

二人で街を歩いているときなんかに、凜に似た感じの人がいると壱は目を奪われる。

たいていは女の子だったし、凜だって成長しているはずだから中一のままなわけがないのだけど、そういうときの壱はミコでも止められなかった。

「やっぱり、凜ちゃんは特別なんだね……。」

凜を求めて必死になる壱を見る度にミコは思った。


高校生活もあっという間に過ぎていき、ミコは柔整の専門学校に進学が決まった。壱も隣県の難関私立大に進学が決まり、今日は最後の稽古をするために弓道場に来ていた。

ミコが居間で夕食の支度をしていると、稽古の後壱と長々と話をしていたジーちゃんが難しい顔で入ってきた。

「あれ？　壱は？　ごはん用意したのに。」

「あー……今日は準備があるって帰ったぞ。」

「そっか……引っ越しがあるんだものね。じゃあこの煮物、帰りに壱の家に持っていこうかな？」

壱の分のおかずを包みに行こうとするミコを、ジーちゃんが呼び止める。

「ミコは……壱が好きか？」

「な……に？　急にどうしたの？」

「壱は、諦めなさい。」

「……どうして？」

「壱はジーちゃんの自慢の弟子だ。両親の都合に振り回されて、決して恵まれた家庭環境じゃなかったが、曲がることなくまっすぐに成長した。」

ジーちゃんは、ミコの顔をまっすぐに見る。その表情は言葉の厳しさに反して、優しいものだった。

「ミコは、壱にとって暗闇を照らす光だった。あのときみたいに……真っ暗な中からあいつをよく連れ出してくれたと思う。だがな……壱の暗闇は消えたわけじゃないんだ。それに、ジーちゃんはミコにも幸せになって欲しいんだ。」

滅多に感情を露わにしないジーちゃんの目にうっすら浮かぶ涙を見つけて、ミコはそれ以上何も聞けなくなってしまった。

高校の卒業式の次の日、壱は大学近くに借りたマンションへ引っ越していった。

壱と家族の関係は、ミコが思うよりもずっと壱にとって生きにくい状況だったらしい。両親ともに安定した企業の第一線で働いていたから、経済的には何の問題もなかったけれど「家族」というよりも「血縁者」のつながりのようなもので、繋がりの核であった壱が進学で家を離れることが決まると、二人ともさっさとそれぞれの新居を決めてきて壱は帰る「実家」を失くした。そしてそれがきっかけで、壱とミコの親同士の付き合いも遠くなった。

ミコは、ジーちゃんには壱を諦めるように言われたものの、四歳からずっと兄弟のように育ってきた壱が隣にいないのはやっぱり寂しくて、五月くらいまでは電話もしていたけれど、壱はいつも勉強やバイトで忙しそうで、半年が過ぎた頃にはＬＩＮＥをしても既読スルーになることも増えて、だんだんＬＩＮＥもしなくなった。

その年の年末、思い切って壱のマンションに訪ねてみると、もうそこに壱はいなかった。

ミコは心配で壱を探そうとしたが、真面目な壱らしく正月にはジーちゃんのところに年賀状が届いた。ただそのはがきには名前はあるけれど住所はなく、探さないでほしいという強い意志を感じて、さすがのミコも諦めるしかなかった。

住所のない生存証明は、季節ごとにいろんな形で届いた。そして最近になって、就職した報告と会社名が書かれた手紙がジーちゃんに届いた。

□□□□□＊□□□□□□□□＊□□□□□

「ちょっと！　こんなミスありえないんだけど？」

女性上司のヒステリックな声が響いた。フロアの社員たちの視線が一気に女性上司に叱責されているガタイの良い男に集中する。

壱はもはや抵抗するのも諦めて、じっとヒステリーが通過するのを待っていた。

大体そのミスだってこの女性上司から資料を渡された際に、壱はすぐに「このデータでは正確性に欠けるのではないですか？」と進言していたのに、そのデータでプレゼン資料を作るよう言いつけたのは目の前でヒスッている篠崎《しのざき》課長なのだ。そしてもうこれは入社して以来、何度も繰り返されている光景だった。

遠巻きに見る同僚たちがひそひそ話を始める。

「またやってるよ、篠崎課長。」

「佐久間も災難だよな。」

「あれでしょ？　新人研修で篠崎課長が佐久間くんを口説いたのを拒否ったって。」

「佐久間もとりあえず行っとけばいいのに、篠崎課長あの年にしてはイケてるほうだぞ？」

「篠崎課長のイケメン食いは公然の秘密だからな。」


初めて行った会社近くの居酒屋は、アットホームで店員たちもきびきびと動きがよかった。料理も気取っていないが品数が豊富で美味しくて、とくにお通しで出てきた筑前煮はなんだか懐かしい味がした。

この日は週末だったこともあり、課長から執拗に叱責される壱を不憫に思った同僚たちが、壱をここに引っ張ってきていた。


「課長も課長だけどさ、佐久間もあの篠崎女史の色香によく落ちなかったよな……ま、少しは愛想よくして篠崎女史を怒らせずにうまくやれよ。」

「俺だったらあの大人の色気にいちころだけどな。」

「お前なんか女史の目の端にもひっかかんねーよ。」

なんやかや、それを理由に飲みたいだけな気もしたが、あまり酒を飲まない壱も美味しい料理に癒されていた。

終電が近くなって、いい感じに酔った客たちが帰り支度を始めたときだった。襖で仕切られた隣の座敷がにわかに騒がしくなる。

言葉ははっきりしないが男が怒鳴るような声がして、ガチャンとなにか物が壊れるような音がしたと思ったら、「キャー！」という悲鳴とともに部屋を仕切っていた襖ごと男が吹っ飛んできた。もちろん壱たちのテーブルはぐちゃぐちゃになって、慌ててみんなは部屋の端っこに避難する。

ごくごく普通の生活をしていて、試合でもなく投げ飛ばされることなんて滅多にないことだから、ダメージは相当だろうが、しかし男は襖の向こう側に向かってまだ攻撃しようと立ち上がり悪態をついている。とりあえず暴れる男を抑えながら壱が襖の向こうを見る。

仕切りがなくなって見通しの良くなった座敷には、この居酒屋のスタッフらしい作務衣を着た女の子が、おびえて泣いている女の子を背に守りながら男をにらんでいて、隙のないその立ち姿から何かしらの武術をたしなんでいるだろうことと、おそらく今目の前にいる男を投げ飛ばしたのは彼女だろうと状況を把握できた。

そうこうしているうちに人が集まってきて、男は大勢の人に押さえつけられて店の奥に連れていかれて、居酒屋の店員たちがぐちゃぐちゃになった部屋を片付け始めた。

「すみませんでした！」

先ほど男を投げ飛ばしたと思われる作務衣の子が、壱たちの部屋にきて頭を下げる。女の子を守っていたときはすごく力強さと大きさを感じたけれど、改めてみると小柄で細身のなんだったら華奢な女の子だった。

女の子は顔を上げると、不意に壱のほうを向いて言った。

「久しぶりだね、壱。」

「え?!」

思いもよらないタイミングで名前を呼ばれて、そこで初めて彼女の顔を見た。

「ミ……コ？　か？」

「うん。」

幼馴染の懐かしい笑顔がそこにはあった。

「もしもし？.」

「何かあった？　どうした、ミコ？」

電話をする前にしっかり気合を入れたのに、ジーちゃんはすぐにミコがいつもと違うことに気づいたみたいだった。

「うん……ジーちゃん、今日ね、壱に会ったよ。」

電話の向こうのジーちゃんは少し微妙なため息をつく。

「そうか……変わりは、なかったか？」

「うん……相変わらず、生きにくそうにしてた。」

「なにがあった？」

「ううん……会社の人たちと飲みに来たの。柊子ちゃんの店に。」

「柊子の店に？」

「あ、柊子ちゃんの店とは知らなかったみたいだけど。」

「ミコ……」

心配するジーちゃんの言葉に「私は大丈夫だよ。」と食い気味に言って強がってみせるミコに、ジーちゃんはあきれたようなため息で答えた。

「心配かけてごめんなさい。でもジーちゃん、それよりも、私、ちゃんと知りたいの！」

日曜日の公園は家族連れが多くて、季節はもう九月なのに気温は爆上がりで、公園の噴水広場では子どもたちがびしゃびしゃになって遊んでいる。

ミコと壱は、移動販売のワゴンで冷たい飲み物を買って、少し日陰のある手頃なベンチに腰かけてほっと一息つく。

「元気だった？」

居酒屋で再会したときに、ミコは壱と今日この公園で会う約束を取り付けていた。

「うん、ま。」

「この間は飲み会を台無しにしちゃってごめんなさい。」

「あー、それは全然。別にミコが悪いわけじゃないし。バイト先は？　大丈夫だったのか？」

「あ、お店は、うん、酔っ払いの人も酔いがさめたらちゃんと弁償してくれたし。あの女の子も無事だったし。」

「そっか、よかったな。」

「あの女の子十七歳だったんだって。なのに飲酒をさせられそうになったから断ったら男の人が豹変したらしくて。簡単に居酒屋についてきちゃダメって柊子ちゃんにも叱られて……。」

「え？　柊子ちゃんって」

「あー、あの店、壱も知ってるでしょ柊子おばさん（おばさんっていうと怒るんだけど）のお店なの。」

「でも、柊子さんって児童養護の仕事……。」

「うん、柊子ちゃん独立したっていうか、児童養護の限界を知ったって言って、進学と就職支援を兼ねた居酒屋と、夕方は児童クラブ兼子ども食堂をやっているの。私もね、昼間は整骨院で修業していて、週末の夜とかは柊子ちゃんのお店とか子ども食堂を手伝っているの。」

「だからか……。」

「？」

「筑前煮。あれ、ミコのレシピだろ？　懐かしい味だった。」

壱の母親はほとんど料理をしなかったから、壱にとっての懐かしい味はミコの料理だった。


急に太陽が陰って、遠くでムクムクと黒い雲が生まれて一雨連れてきそうだった。

テンテンテンと、ピンク色のボールが足元に転がってくる。五歳くらいの少し色素の薄い男の子が取りに来る。その子にボールを渡しながらミコが話し始める。

「壱、凜ちゃんを探してたんでしょう？　……もう見つかったの？」

ミコは、あのジーちゃんの血を継ぐものとしてその資質もしっかり受け継いでいて、その洞察力は壱なんかとは桁違いだ。壱は観念したように「いや……」と吐き出した。


壱に再会した日の電話で、ミコはジーちゃんからあの日のことを聞き出していた。最後の稽古の日、壱がジーちゃんに話したことを。


凜がミコに託した壱への手紙には、十五歳になれば自分が親を選ぶことができるはずだから、必ず壱のところに帰ってくると書いてあったという。でも、十五歳になっても凜が壱を訪ねてくることはなかった。

普通に考えれば、子どもの頃の約束などは成長とともに忘れたり、情熱が薄れたりして実行されないことも多いだろう。でも壱は、ずっと凜を信じ続けていた。

「凜は……初めて俺の心の闇の部分を共感できる人間だった。ジーちゃんもミコも、同感はしてくれたし俺にとっては本当に大切な家族です。でも……特にミコは時々俺には眩しすぎて、俺は俺の闇の部分から目を背けたくなるんだ。」

仕事を理由に家庭を顧みることもなく、まだ幼かった壱のことも、ただ親の義務感で経済支援していたような両親だった。同じ空間にいても義務的な会話しかしないのに、自分たちが世間の『普通』から外れることを極度に嫌がった。年に二回家族で過ごす旅行なんかも、会社や仕事関係などで「家庭もうまくやっています。」という『普通』をアピールするネタだった。両親の思い描く『普通』を遂行するために、壱は男らしくて元気で勉強もそこそこできて、『普通』に学校へ通って、『普通』に進学しなくてはならなかった。

地元を離れて、バイトや大学でいろいろな人と関わってみて、親がこだわっていた『普通』がただのハリボテだったのだと今なら分かる。でも五年前の壱は、自分が『普通』じゃない選択や行動をすることで、両親に拒絶されることが怖かった。

凛と過ごしたのは本当に短いひと夏だけだったけど、両親が自分を顧みない生活をしていた壱と、親の離婚に振り回されて母親が仕事の夜は朝まで一人だったという凛は、お互いに同じような空気をまとっていた。

一方ミコは、両親やジーちゃんや近所のおじいおばあにも愛される、まぶしい笑顔をする女の子だった。ミコは本当に愛にあふれていたし、心がきれいだった。壱はそんなミコに救われた。

でも成長するにつれて両親の理不尽な要求や、自分の不条理な状況に嫌気がさした。「こんな両親なんかいらない。」と何度思っただろう。時にそれは壱の心に毒を生んだ。そして毒に侵された汚い心はどんどん膨張していって自分だけでは抱えきれないほどになっていた。本当は誰かに救いを求めていた。でも、そんな心の闇を持っていることをミコには知られたくなかった。ミコが知ったらミコまで汚れる気がした。

そんなときに凜と出会った。儚げに少し寂しく笑う凜は、自分と同じ心の闇を抱えていた。壱はそんな凜を男とか女とかじゃなく愛おしく思ったし、守りたいしそばにいてやりたいと思った。

二人とも、ただ、愛されたかった。すべてを、そのままを受け入れてくれる存在が必要だった。

会えなくなってもどうしようもなく凜が好きで、あのキスを思い出すといまだにお腹のあたりがうずいた。

問題は凜が男だということ。自分は『普通』でいないといけないのに、両親の『普通』に「男が男を好きになる。」というカテゴリーはない。

本当に自分は男が好きなのかとずいぶん悩んだ。だが、凜以外の男にはまったくもって反応しない。しかも隣でミコがどんどん少女から成熟した女性になっていくのを見ていると、やはりドキッとすることもあるし、どうやら自分は女の子が嫌いではないらしい。ただ、その誰よりも記憶の凜は美しく、乳白色の肌も唇も鎖骨も細い腰も壱を捕らえて離さなかった。

もちろん、自分がこれだけ男らしく育っているのだから、凜だってごつごつの男に育ってあの頃の面影もない可能性はあった。だから十五歳の終わりを迎えたときも、凜に会えなくてがっかりする気持ちと、少しホッとする気持ちがあった。

それでもまだ、やっぱり凜のことが忘れられなくて、帰りを待ち望んだ。街で凜に似た人を見かけると確認せずにはいられなかった。そして、県外の大学に進学することが決まったとき、思い切ってジーちゃんに凜のことを打ち明けた。凜が帰ってくる場所は、きっとこの場所だから。

スーッと涼しい風が吹いて遠くで雷鳴がする。

「凜ちゃんは、アメリカにいるみたいだよ。」

「アメリカ……?!」

実は柊子ちゃんが児童養護施設のお仕事から独立したのは、凜ちゃんが大きく関わっている。

凜ちゃんはハーフだった。日本人のママとアメリカ人のパパが離婚して親権をパパが取ったのに、ママが凜を日本に連れ帰ってしまった。日本中を転々としながら、ひっそり暮らしていたけれど、私たちと過ごした中一の夏にとうとう児童誘拐の疑いでママが警察に捕まった。そのゴタゴタの間、民生委員も務めるジーちゃんが預かったらしい。結果、誘拐にはならなかったのだけれど、親権がパパなのは裁判所の判決だし、実際凜ちゃんのママは、夜のお仕事をしていて凜ちゃんのことをお仕事の間は一人にしていたということで、裁判の判決はひっくり返らなかった。

夏が終わる頃にパパが頼んだ弁護士さんが迎えにきて、凜ちゃんはアメリカに行ってしまった。

凜ちゃんだけが生きる支えだったママは、何度もアメリカに凜ちゃんに会いに行ってしまい、接近禁止を破ったためにとうとうアメリカに入国できなくなった。柊子ちゃんもせめて面会できるように現地の協力者を通して交渉したものの、接近をさせないように転居までしたらしいことを聞いて諦めるしかなかったということを、ミコも最近になって知った。

「初恋、だったよね。」

「え?!」

「ごめん。私がどうしても知りたくて、ジーちゃんに聞いたの。」

「……。」

「ね、探しに行くの？　アメリカに。」

「……いや、行かないよ。これで、気持ちにも整理がついたよ。ありがとう。」

「凜ちゃん、元気にしているといいね。」

「そうだな。」

□□□□□＊□□□□□□□＊□□□□□

恋は片思いのほうが気楽だとミコは思う。

ミコと再会して初恋に一区切りがついた壱。二人が恋人として付き合うようになるのに、そんなに時間はかからなかった。

壱はミコという絶対的な味方を得て、よく笑うようになったし、仕事でも成果を残せるようになってきた。篠崎課長も誰かから壱に彼女ができたことを聞いたらしく、また新しい若い新人に標的を変えたらしい。

一方でミコは長年の片思いを卒業したのに、自分と再会したことやジーちゃんの病気とかが壱に、壱の人生に影響を与えてしまっているのではないか、本当に選びたい未来から遠ざけてしまっているのではないかと考えてしまい、彼の背中を不安そうに見つめることが増えた。

「眠れない？」

てっきり眠っていると思っていた壱が寝返りをしてミコのほうを向く。

こういうときにミコはいつも凜について壱と話をしようと思うが、壱がミコにキスをして、そのまま大好きな大きな手がミコの腰のあたりを探るとお腹が火照ってきて、何も考えられなくなってしまう。

腕の中で寝息を立てるミコを見つめて壱は思う。ミコのまっすぐな影のない笑顔に自分は何度救われただろう。

自分は人に明かせない気持ちが常にあったから、こんな自分の闇の部分を知っても、迷いなく信じてくれて、どこまでも自分の味方でいてくれるミコを本当に愛おしいと思うし、その強さに憧れる。

その気持ちに嘘偽りはないのだが、最近、フッとミコの笑顔が陰るようなときがあって気になっている。自分の闇の部分を知ったがために、ミコの心が汚されてしまったのなら自分は全力でミコを守りたい……でも壱はそんなミコに具体的にはどうしたらよいか分からず、自分のありったけの思いを伝えようとキスをするのだった。

人を愛し愛されて育ったミコと、人から愛されることも人を愛することも希薄な原体験を持つ壱の恋は、とても不器用だった。

□□□□□＊□□□□□□□□＊□□□□□

結婚式は急だったから、病院のチャペルで身内とごくごく親しい友人のみで挙げた。

結婚式で撮った写真の中でジーちゃんは、車いすだったし酸素チューブもつけていたけれど、壱とミコの真ん中で最高の笑顔をしていた。

ジーちゃんの癌は見つかったときにはもう末期だった。ミコと壱が結婚すると報告したとき、ジーちゃんは涙を流して喜んでくれた。そして結婚式から一週間後、ジーちゃんは星になった。

ジーちゃんの家と治療院は、ジーちゃんの遺言でミコが相続することになった。それを機に壱は大手企業を辞めてミコと暮らす地元の企業に転職することとなった。家と治療院も少しリフォームして、今日は待望の引っ越しだ。

バタバタと引っ越しのために走り回ったりしているときに、せっせと雑巾がけをしていたミコが立ち上がると、貧血でも起こしたように脱力してしゃがみ込んだ。

「ミコ?!」

心配して駆け寄る壱に「大丈夫。」と立ち上がるも、今度は吐き気がして口元を押さえながら洗面所に駆け込む。

二十年一緒にいて初めて見るミコの姿に、壱が心配のあまりパニックになっていると、引っ越しの手伝いに来ていてその様子を見ていた柊子ちゃんが二人に言う。

「ね、それって……おめでたじゃないの?」

「おめでたって……赤ちゃん?」

「子ども？　……俺とミコの?!」

――自分に家族が増える。初めはただただ嬉しかった。壱は、こんな奇跡が起こるなんて五年前は思ってもいなかった。

壱の両親は、壱が進学で実家を出ると、すぐに実家マンションを売りに出して、それぞれに部屋を借りて生活を始めた。そして壱が社会人になると同時に、役目は果たしたとばかりに正式に離婚した。壱は実家を失くした。

ミコと再会してからは、ジーちゃんが家族になってくれた。ジーちゃんが亡くなってからはミコが自分の家族になってくれた。そのミコが自分の子どもを宿して生むなんて。凜に恋をしていた頃には考えもしなかった。不安がないと言ったらうそになる。親に関心を持たれずに育った自分が、親になって子どもを育てられるのか？

今が幸せだ。それは間違いないし、失くしたくないし守りたい。でも月日が経つにつれて、どんどん母としてたくましくなっていくミコに反して、壱はどんどん勝手に追い詰められていくみたいだった。

――「良いパパ」ってなんだ？　自分はなれるのか？　親に虐待されて育った子ど

もは、それを克服していい大人になっても、自分が親になったら自分の子どもに手を上げそうになるなんて話も聞く。もし自分が自分の親のように、愛し合って家族になったのに無関心になって、ミコを愛せなくなったら？　子どもを愛せなくなったら？

不安が身体の中で膨張していくのを感じる。今にも破裂しそうで身動きが取れない。よく事情も知らない職場の人が、良かれと思ってあーだこーだ言うのもプレッシャーにしかならなかった。限界はすぐに来た。ミコが妊娠六カ月の健診の結果で、子どもが男の子だと報告した次の日、会社で壱は突然意識を失って倒れた。


夢を見た。真っ暗な部屋で子どもが泣いている。

「どうしたの？」

壱が声をかけると、振り向いた子どもの顔が幼い頃の自分だった。ギョッとしていると子どもは壱にしがみついてくる。

「ねぇパパ、僕いい子にしているんだからもっと関心持ってよ！」

「パ……パパ?!」

怖くなって子どもの腕を振りほどいて逃げ出す。見慣れたキッチンにミコの背中を見つけて肩をつかむと、振り向いたミコは無表情で壱を見る。

「もう私たち普通の結婚して子どももできたし、あとは世間体が悪くない程度に家族をすればいいんじゃない？」

「ミコ?!　何言ってるんだよ！　俺はミコを愛してるんだ！」


ヒンヤリしたものが顔に触れて目が覚めると、ミコが壱の顔に冷やしたタオルをあてて汗を拭いてくれていたようだった。見慣れない白い天井が見えて、辺りを見渡すとどうやら病院のベッドに寝ていると分かった。

「……ミコ、俺、ごめん。」

「壱ちゃん、目が覚めてよかった……。熱があったみたいで倒れたの。ずっとうなされていたから心配したよ。」

ホッとして涙目で言うミコに、壱は自分が本当に情けなくなった。

身体的にも精神的にも、どう考えたってミコのほうが大変なのに、親になるプレッシャーで熱を出して倒れるなんて。夢の中だって縋ってきた子どもの腕を振りほどいてしまった。ミコに愛想をつかされても仕方ない。

——怖い、でも、失いたくない。俺はどうしたら……？

泣くのを我慢して握りしめた壱の手を、ミコがやさしく包み込んで顔を覗き込むように言う。

「私も、ちゃんとママになれるか、とても不安だよ。今の壱が、思っていること、分かっているつもりだよ？」

小さなミコが大きな壱を優しく抱きしめる。その温かさに身を任せると、壱の目から涙がこぼれだした。

「私も、ママになるのは初めてだから。壱、一緒にゼロから親になっていこう？」

ミコと子どもを大切にしよう、改めて壱は思うのだった。決して、この手を振りほどいてはならないと。

一方ミコは、言葉では壱を励ましたものの、その実、得体のしれない不安に襲われていた。それは、壱のような子どもに関するものよりも、女の勘に近いもので、自分の中のなにかが警告していた。

ミコは、この世の中に偶然は存在しない。あるのは必然だけだと思っている。どんなに残酷なことにも、必ず意味があるし向き合わなくてはならないんだと。ただ人は、それらを乗り越えることができるとも思っている。そんな漠然とした不安や緊張感が、ミコの笑顔を曇らせていた。壱は自分を本当に愛してくれているし、仕事も順調だし、自分の両親や柊子ちゃんや周りにも恵まれている。

これ以上を望むなんて欲張りなくらいだ。なのに、なんでこの不安は消えないのだろう。

凛の冬。

「困ります！」

ビルとビルの間の狭い路地から飛び出てきた男性は、大通りの人ごみに一瞬ぎょっとしてボートネックのTシャツが少しはだけているのを直した。

幸い都会の人々は自分のタスク消化に忙しそうで、心細いを着ぐるみのように纏った青年にも関心は無いようだった。

十年ぶりの日本は凛の知らない国のようだった。もっともここは東京の中心で、凛が一番帰りたいあのひと夏を過ごした田舎町と比べ物にならない都会だったから、地下鉄を降りてすぐに道に迷ったとしても仕方がないことだろう。

よくネットでも見かけるスクランブル交差点をちゃんと向かい岸まで渡ったつもりだったけれど、今日泊まる予定のユースホステルがなかなか見つからず狭い路地に入り込んだら、いきなり男の人に声をかけられて手荒いお誘いを受けた。こんなことなら予算をケチらないで、空港から近いホテルに泊まればよかったと後悔した。どのみち明日になれば契約済みのマンションに行くわけだし、しばらくはいろいろな手続きと、日本での生活に慣れるので精いっぱいになるだろう。ただ、日本に着いたら一秒でも早くいきたいところがあって、複雑な地下鉄を乗り継いでここまで来た。

やっとたどり着いたユースホステルに荷物を預けて、フロントに場所を聞いてすぐ出かける。

今度は無事に迷うことなくたどり着いたホスピスは、緑の木々に囲まれてそこだけ都会じゃないみたいに静かだった。自動ドアを入るとかなり広い吹き抜けのホールがあって、清潔でバリアフリーな空間に点在するソファーやテーブルでは、みんな穏やかに談笑したりお茶を飲んだりしている。

「リン・コールマンさん？」

入り口でいつまでもキョロキョロしていると、レセプションカウンターからスクラブに白衣を羽織った女性が凜に声をかけてくれた。

「あ……はい。」

「遠いところをようこそ。お母さま、あちらでお待ちになっていますよ。」

白衣の女性は母の主治医だった。まだ若いが長い黒髪をビシッとひとまとめにしていて、切れ長の大きな目は知性と誠実さを感じさせた。

十年ぶりの母は、大きな窓際に車いすで待っていた。いや、正確には「待っていた」わけではないのだろうけれど。凜が近づいてもただぼーっと窓の外を眺めていた。

「残念ながらお母様は……脳腫瘍を患っていて認知症のような状況です。話をすることは可能ですが、意思疎通といったものは困難です。腫瘍があるのは脳幹の近くで手術も難しく、保存療法で緩和ケアだけを行っています。たまに独り言を話しているときは、まるで目の前に凜さんがいるみたいに話しかけているような……そんな様子だそうです。」

母の居場所や状況を調査してもらった調査会社の探偵は「それでもお会いになりますか？」と言った。

やっと日本に行けることが決まって、凜は最初に母の所在を探した。母が恋しいかと聞かれると、正直微妙だった。でも、日本に行って日本で生活をするなら、会っておきたかった。

日本で母と暮らしていた頃は、とにかく父から逃げることが母の最優先だったから、凛は母に連れられて各地を転々としていた。なかなか友達もできなかったし、正直記憶もぐちゃぐちゃで、こんな生活をさせる母を恨んだこともあった。

でも、最後に過ごしたあの夏は、凛にとって生きていく「意味」になった。

ミコと壱は、凛にとって日本で唯一自信をもって友達と呼べる存在だ。とくに壱は……。いつかあの場所に戻る。壱のもとに戻ることだけが凛の生きている意味だった。

日本での生活も大変だったけれど、アメリカの父のもとでの生活も、凛にとって決して幸せなものではなかった。父は母から逃げきるために引っ越したり、凛を監護するために転職したりした。更に一年後にはステップマザーを連れてきた。父も、ステップマザーも悪い人ではなかった。ただ、自分が目まぐるしく変わる環境に付いていけなくなって、心を閉ざさないと耐えられなかったんだ。

「早く大人になりたい。」毎日、毎日思った。

凛は、何となく十六歳くらいになれば親権を主張できて、簡単に日本に行って生活できると思っていた。でも実際に十六歳になったとき、父親が離婚によって自分の思っているよりも日本嫌いになっていたこと、ステップマザーが自分とは腹違いだけれど弟を出産したばかりだったことも重なって「自分は日本の母さんと日本で生活したい。」とは言えなかった。

さらに、自分が未成熟なうちに日本へ行くということは、日本の母親にまた負担をかけてしまうのではないか？　それなら、柊子さんやジーちゃんを頼る？　いや、いくら何でもそんなことはできない。壱やミコちゃんだって……でも、せめて壱の傍に行きたい。だから、日本で一人でも生きていけるような準備が必要だと思った。

十六歳から準備してきた。そのために勉強もしたし、大学も行った。二十歳のときに日本国籍を残した。おかげでＡＬＴの資格も取得して就職も決まった。

そこまで準備したところで、日本の母のことが気になった。母はこの十年をどう生きたのか。そして今、どう生きているのか。

――だから会いに来た。

「母さん？」

車いすの前にしゃがんで母に声をかける。目がこちらを見るも、そこには何も映っていないような様子だった。

「母さん、凜だよ。長いこと一人にして、ごめん。」

感情のない目に、皺だらけの細い指。母の変わり果てた姿を見て、考えるより先に心からこぼれた「ごめん。」だった。

凜が来日してからの一週間は、引っ越しと移住のための手続きであっという間に過ぎた。

「早く壱とミコに再会したい。」とは思うものの、この十年手紙すら出せなかったし、凜にとっては生きる意味になったほどの日々だったけれど、日にち換算したらたった二十一日間しか一緒に過ごしていない自分のことを、二人が覚えていてくれているかすら未知だった。

そして母のことも……凜のことを認識できないし、会話もできないけれど、やっぱり放っておくこともできなかった。母に会いに行った最初の日に、母の主治医である早川紫《はやかわゆかり》からこのホスピスに入った経緯をざっくりと聞いていた。

母がまだ意思疎通できていた頃に本人から聞いた話では、凜のことを取り戻そうとする父から追われていると思っていた母は、誰とも連絡を取らずに逃げ回っていたのだと。そのせいで母の実家の家族はアメリカの父や、父の依頼した弁護士から叱責を受けたらしい。しかもアメリカに入国できなくなるような処分を受けたこともあって、家族は母と縁を切ったらしい。だから病気にも気づかずに職場で倒れて入院したときも、誰も面会にも訪れることはなかったという。ホスピスも、凛と離れてから倒れるまで働いていた会社の上司が保証人になっていてくれているらしい。

□□□□□＊□□□□□□□＊□□□□□

五十嵐《いがらし》ゆり子《こ》が入所しているホスピスからの電話に、大出芳光《おおいでよしみつ》は慌てて会議室から退出した。電話はゆり子の主治医からで、ゆり子の息子が帰国して今後は日本で仕事に就くということ、大出に会って今後のことを相談したいということだった。「ちょうど十年か……。」とつぶやきつつスマホを操作してまた電話をかける。でも相手が出なかったので会議室に戻ったが、大出の頭はゆり子のことで一杯になっていたので、会議の内容などまったく入ってこなかった。

「——社長？　聞いていますか？」

「ん？　ああ……うん。」

秘書っていう生き物は、分かっているくせにいちいちチクチクと釘を刺してくる。さっきホスピスからの連絡である画面表記を覗き見ていたくせに。しかも、大出がゆり子のことになると仕事が手につかなくなることも承知しているのだ。とくにこの堺洋輔《さかいようすけ》は慇懃無礼がスーツを着ているみたいだ。仕事は抜群にできるが、時たま人を小馬鹿にしているような雰囲気を感じる。

会議が終わっても頭の中でぐるぐるとそんなことを考えていると、胸ポケットで電話が震えて着信を知らせる。確認すると先ほどつながらなかった相手からだった。

「やあ、シスター柊子《しゅうこ》。今日もボクの店は繁盛しているかい?」

「……社長、この忙しい週末にそんなことを確認しに電話したんですか?」

忙しい中電話してきたらしいシスター柊子に電話を切られそうになり「ホスピスから連絡があったんだ!」と大出が慌てて言葉をつなぐと、電話の向こうでハッと息をのむような気配とともに「ゆり子さんに何かあったんですか?!」というシスター柊子のハイトーンな声が聞こえる。

瀬名柊子《せなしゅうこ》が遠くを見ながらため息をつくなんて「明日は槍が降ってくるかもしれない。」と、居酒屋『Render help to～』の店員藤原元気《ふじわらげんき》は本気で心配した。元気はシングルマザーの母親が男と逃げてアパートで置き去りにされていたのを、当時はシスターだった柊子に救われた。自分自身はまだ二歳だったから全然覚えていないが、せっかく拾ってもらった命だから大事に生きようと思っている。かれこれもう十八年間ほぼ毎日柊子を見ているが、こんな柊子は見たことがなかった。

柊子は四十を過ぎていたが少しぽっちゃりなフォルムとお団子にしたヘアスタイル、ゴスペルで鍛えたソプラノの通る声、見るとつられてしまう豪快な笑顔は年齢を感じさせなかった。いつもはそれこそ『元気』がエプロンを着て歩いているようなものなのだが、大出からの電話を聞いてからため息が止まらない。


柊子は父が亡くなる少し前、父に「柊子だけに話しておきたい。」と呼び出された。ミコと壱は結婚を決めて式の準備をしていた頃で、何か孫にサプライズでもしたいのかとワクワクして出かけると、父から聞かされたのは壱と凜の関係と、もしも凜が帰ってきたときに何かあったらミコをフォローしてやってほしいということだった。その「もしも凜が帰ってきたとき」の「とき」が今まさに来たのだ。大出の話だとまだ何も起こってはいないが、ミコは今妊娠中だし、先日ミコから聞いた話では壱が父親になる現実が受け止めきれなくて倒れて病院に運ばれたというし。

父は、壱から凜の話を聞いた後に「ミコには壱を諦めろと言ったんだ。」と言った。柊子はそんなに心配しないでも良いのではないかと父の不安を軽くするように言ってみたが、父は「壱のあの目は、初恋の目だと思ったんじゃ。初恋はなぁ……拗らせるとなぁ……。」と渋い顔をして、それから「柊子のことは神様にお願いしたから心配しないが、ミコには……幸せになって欲しいんじゃ。年寄りの最後の頼みだ。」そう言って涙目になっていた。

父の表情を思い出して、柊子はまた小さくため息をついた。

同じ頃大出もため息をついていた。早川紫の話では、凜が母親のことで大出に直接会ってお礼を言いたいとのことだった。もちろん会うことは構わないのだが、ミコちゃんの結婚に際してシスター柊子からゆり子の息子の話を聞いていた大出は、素直に喜べなかった。結局、ミコちゃんや壱くんのことも大出から伝えるよりもいいだろうとシスター柊子に同席を頼んだのだが、彼が約束通り日本に戻ってきたということは、それなりの思いがあるゆえだろうと思うと、聞かされるほうは誰から聞いたってショックだろうと思った。

大出は、自分が人の心を読める魔法使いならどんなにいいだろうと考えて、またため息をついたのだった。

——約束の日。ホスピスで待ち合わせたシスター柊子は、彼女には珍しく硬い表情をしていた。それを見て大出まで緊張してきて喉を潤したくなったら、横から堺が「お飲み物です。」とテイクアウトのコーヒーを差し出してきた。

「君は魔法使いなのか?」とやや本気で聞いた大出に、堺は「はぁ……。」と眉根を寄せてあきれたように大出を見た後に「そうかもしれませんね。」と言った。それを見ていたシスター柊子は、少し表情を緩めてクスリと笑いながらコーヒーを口に運んだ。――堺、グッジョブだ。


エントラスの自動ドアが開いて、若い男がロビーに入ってきた。大出が何気なく目で追っていると、その若い男は慣れた様子でそのままレセプションカウンターに行くと、カウンターのスタッフと一言二言話してこちらを振り向いた。大出はその顔を見て驚きを隠せなかった。確かに男性なのだが、纏う雰囲気と顔が大出と出会った頃のゆり子にそっくりだった。横を見るとシスター柊子も同じことを思っているだろうことが、堺のような魔法使いじゃない大出にも分かった。

「あの……。」

自分を凝視している大人たちに少しおびえながら声をかけてきたその男は、大出たちのテーブルに近づいてくるとシスター柊子を見つけてホッとした様な笑顔になった。

「シスター、お久しぶりです。ぼく、凜です。」

「凜くん？　まぁ……本当に？　大きくなって……。」

「あぁ、じゃあこちらの方が大出さんですか？　母が、大変お世話になりました。」

凜の視線が大出に移動し、そう言いながら深々と頭を下げた。

そこまでしたところでロビーに早川紫が現れた。いつもながらすっぴんで髪も手櫛でまとめたような感じだが、聡明さがスクラブから駄々洩れしている。その後ろからスタッフが車いすに乗ったゆり子を連れてきた。ゆり子がテーブルに着いたタイミングで、呆然と立ち尽くしていた面々に「立ち話もなんですから……」と早川が着席を促してみんな座ることができた。

□□□□□＊□□□□□□□＊□□□□□

一人の部屋に戻った凜は、カバンを下ろすとソファーになだれ込むように倒れ込んだ。

大出と会って今までのことのお礼を伝えられたこと、今後の相談ができたことは良かった。しかし、シスターから聞いた壱とミコの結婚とジーちゃんが亡くなったこと、そしてミコの妊娠のことは……やはりショックじゃないと言ったら嘘だった。

凜は壱に「帰ってくる」とは伝えたが、壱から「待ってる」と言われたわけではなかった。しかも仮に壱が待っていてくれていたとしても、三年だと思っていたら十年では約束も時効だろう。頭では分かっているし、他でもないミコとの結婚だ。壱が幸せならそれが一番いいじゃないか。それにミコのお腹には壱の赤ちゃんがいるのだ。

「もし二人に会うことがあったら、ちゃんとおめでとうって言わなくちゃ。」

——声に出して呟くと、それがスイッチだったみたいに凜の両目から涙がこぼれた。

「今日だけ……今日だけ泣いたっていいよな……今だけ。」

三人の春。

川沿いの桜並木はもう満開だった。

四月、日本では学校や会社が一斉にスタートする。

街を行く人たちはみんな相変わらず忙しそうだけれど、桜のピンクとほのかな香りでどこかふんわりして見える。


「青空に桜ってこんなにキレイだったたっけ？」


少し休憩……と歩みを止めて空を見上げたミコは、誰に言うでもなくそう呟いた。

この六カ月間は、ミコにとって忘れられない日々になった。初めこそ悪阻のような吐き気や貧血があったものの、生来健康優良児のミコは日に日に妊婦生活に順応していった。悪阻もさほど酷くなく、お腹が空きすぎると「栄養が足らねぇよ～！」とでも訴えるように吐き気を覚えたくらいだ。

ただ、ミコの妊娠が分かって三カ月が経った頃、壱が「父になるプレッシャー病」

になった。壱は幼児期のトラウマからくる強迫性障害に苦しんでいた。幸い救急搬送されて入院した病院のドクターが、強迫性障害に詳しい先生だった。内科も脳神経も異常がないと分かったときもそのままにせずに、すぐにストレス検査をしてくれて原因は精神的なものだとすぐに判明した。

病院にミコが駆けつけたときに、救急搬送に付き添ってくれていた壱の職場の上司が、壱が倒れたときの状況をミコに説明してくれた。

それによると、最近娘さんが離婚して孫を連れて実家に戻ってきたという五十代の先輩社員が余計なことを言ったらしい。

「子育てを手伝うっていうのがそもそもおかしいのよ？　だって二人の子どもなんだから。いい？　壱くん、奥さんが文句を言ってる内はまだギリギリ愛があるのよ。だってあなたを愛していて、期待していて、家族でいたいから修正を求めるんだもの。でもね、愛が無くなったときってというのはね、期待も修正もいらなくなるから……無関心になるのよ。」

壱は「無関心」と聞いた途端、表情が消えて倒れたらしい。先輩社員も反省しているという話だったので、ミコも事を荒立てて壱が会社に居づらくなるのは良くないと思い先輩社員を投げ飛ばしにはいかなかったが、さてこれからどうしたものかと悩んだ。

「キミのお父さんが早く元気になって、キミが生まれたときにたくさん幸せを感じてくれたらいいのだけど……。」

八カ月目に入りかなりせり出してきたお腹を擦りながらお腹の我が子に話しかけると、返事をするようにお腹の内側からポコンと蹴られた。

今日は、八カ月目の定期健診だった。いつもは車を運転するミコだが、さすがにこのお腹では運転もきつい。少し運動不足だったから今日はバスを利用して、自宅最寄りのバス停から散歩がてら歩いていた。そろそろ休憩を終わりにして歩かないと、お家は勝手に歩いてこない。

「ミコちゃん？」

腰掛けていた柵からヨイショと立ち上がったところで後ろから声をかけられた。

振り向くと見知らぬ男性がこっちを見ている。おそらく声をかけたのはこの人なんだろうけど「……一度しか来たことない患者さんとかかしら?」「いや、変な人だったらどうしましょ。」と思いつつその男性の様子を窺う。さすがのミコも、今のこのお腹では成人男性を投げ飛ばすことはできない。

男性のほうも声をかけたものの、ミコの反応が微妙なことに気づいたのか少し困った顔をしている。

「あのー……急に声をかけてごめんなさい。ぼく、もう忘れちゃったかもしれないけれど……」

男性が話し出した丁度その時だった。

「凜!」

またミコの後ろから、今度は聞き慣れた壱の声が聞こえた。

「壱?!――り、んちゃん?」

壱の叫び声に驚きつつその男性をもう一度見ると、目が合った。背も高くなったし骨格は男の人だけど、困ったように微笑むその目と襟や袖から覗く肌は滑らかな陶器のようで、ミコは初めて凜に出会った日を思い出した。

そのミコの横に壱が並んだけれど、その目はミコではなく、あの日みたいに凜を見つめていた。

「――壱っちゃん？」

急な不安に駆られてミコが呼びかける声も、今の壱には届いているのかいないのか、その目は凜に釘づけだった。

ミコには分かっていた。壱はミコの隣に踏みとどまっているけれど、本当は駆け寄って全身全力で凜を抱きしめたいのを我慢していると。そしておそらく、その壱の思いを凜も感じ取っているんだろうと。


再会を果たした日、凜は赴任先の中学へあいさつのため隣町に来ていた。挨拶と案内が終わると「そういえばミコのジーちゃんのうちは隣町だ。」と思い出したので、近くまで行ってみようと記憶をたどって歩いていてミコに出会ったという。

「よく、すぐに分かったね。」

「ミコちゃん、全然変わってないもの。キレイにはなったけど。」

「やだ、凜ちゃん。おべっかって言うのよ、そういうの。」

「そうだそうだ！　おべっかしたって、ミコは中学から成長してないからな～。」

「――壱っちゃん、今日のカレーはゴハンなしの激辛でいいのね？」

「いや～、ミコはキレイになったよなぁ～凜？」

「ぼく今、タイムスリップしてるみたいだ！——変わらないね、二人とも！」

それから三人で家まで歩いて、三人でミコのカレーを食べた。

ほんのひと時、十年前にタイムスリップした気持ちにはなったけれど、やっぱりもう三人とも無邪気を装えるくらいには大人になっていた。「でも今日だけは気づかないふりでいたい。」と三人それぞれが、それぞれにそう思い行動して、十年の空白を埋めるように三人は夜まで語りつくした。

□□□□□*□□□□□□□*□□□□□

ミコの場合。

再会を果たした壱と凛は初恋の再来……などはなく、ミコが拍子抜けするほど普通に「幼馴染」として付き合っている。

凛と再会したときは、ミコが不安になるほどの熱量を二人から感じたのだけれど。

あれからひと月、二人が会うときはいつもミコも誘うし、大出さんや柊子ちゃんも一緒だったり、最近では元気や紫先生まで一緒だったりする。

ミコから見ると、とくに凜と紫は最近いい感じに見える。紫もアメリカに二年ほどいたことがあり、凜の暮らしていた隣の州にいたらしい。お母さんのことがあるし恋とか言ってる場合じゃないかもしれないけれど、壱も紫と話す凜の姿をほほえましく見守っている様子だし、ミコもほっとした。

壱がミコから離れて凜を選ぶ不安が——とかではなく、凜の心の支えになる人がいてほっとした。

凜と再会してから、壱の強迫性障害は改善傾向にある。出産を間近に控えるミコにとってそれ自体は安心だし喜ばしいことだった。けれど裏を返せば、それだけ凜の存在が壱にとって大きい証拠だった。もちろん今二人は恋人ではないし、過去のことも「恋」というには「?」マーク感が否めない。「自分を慰める行為を、自分の闇の部分を共感する相手とお互いにしていたような感覚。」と壱は以前ミコに語っていた。

確かにそれだけを聞けば「恋」ではないのかもしれない。でもミコは壱がいまだに気づいていないことに気づいてしまっていた。

「——それも、広い意味では愛なんじゃない?」

□□□□□＊□□□□□□□＊□□□□□

凜の場合。

そんなこんながありながら迎えた五月。凜は日本の生活にも、仕事にもだいぶ慣れてきていた。

壱やミコと再会できたことは、凜にとって本当に大きなことだった。日本に帰国してシスターから二人が結婚したこと、ミコのお腹には二人の子どもがいることを知ったときは、自分の生きる意味だった壱への恋心が音を立てて砕け散って一晩中泣いた。一晩中泣き明かして見つけた答えは「壱が幸せを見つけたなら、それが自分にとっても一番嬉しいこと。」だった。

きれいごとと言われるかもしれない。でも、ミコやその子どもから壱を奪い取りたいとも思わなかった。自分と壱は親との関係がうまくいかなくて、それを可哀そうとも思われたくなかった。それでもやっぱり一番近い親という存在から愛されたい思いが強くて、同じ思いを抱いていた同士、お互いにお互いを求めあうことで自分の存在意義を確かめていたし、足りない愛を補いあっていた。お互いの欲望というわがままを素直にぶつけあえる存在は、大きかった。

凛にとっては、そういう存在である壱がいなくなってしまったことになるけれど、自分じゃなくても壱がそういう存在を見つけたのならと思えた。このとき壱に対する思いが「恋」から「愛」にかわった。

もちろん厳密に「はい！　ここから恋スイッチOFFで、今から愛スイッチONでーす！」と言われたわけではない。でも壱のことを隣ではなく傍で見守っていたいと思えたのは、このときからだった気がする。まだ他の誰かを好きになったりすることは難しいと感じていたけれど、十年も恋していたんだから仕方ないし、それもやっぱり時間が必要なんだろうと思っていた。


「今日も熱心でしたね。」

ヨゼフ神父に声をかけられて周りを見渡すと、いつものことだけれど礼拝堂にはもう誰もいなかった。日曜日は母のホスピスに行く前にできるだけ礼拝に訪れていた。マリア様とお話をしている間は心穏やかでいられたし、神父の「生きるということは愛すること。」「愛するということは行うこと。」という教えについて「自分は愛せているか?」「自分は行えているか?」と自問自答することが礼拝のルーティンになっていた。
母とシスター柊子の出会いも礼拝だったし、大出との出会いもそうだったらしい。十年前母も自分も日曜礼拝に来ていなかったら、十年後の今、こんなに穏やかな日常はおくれていなかっただろう。そう思って凜は欠かさずに日曜礼拝に訪れて、お礼と報告をしていた。

「――生きるということは、愛すること。」

□□□□□＊□□□□□□□□＊□□□□□

壱の気持ち。

――四月、凜と再会した日。
妊娠八カ月の定期健診に歩いて行ったミコが心配で、遅い昼休みを取った壱は自宅に寄っていた。もう三時になるのに帰宅していないミコを探しに、利用したであろうバス停に向かうとミコが誰かと話していた。

背中の雰囲気から、ミコが少し警戒している様子だと気づいて相手を見た。相手がミコより頭一つ大きくて（ミコがチビなんだけれど）相手の顔が見えた瞬間、心臓を鷲掴みにされたような衝撃が走った。

頭が理解する前に声が出た。「――凜！」と叫ぶように言ってから自分でも驚いた。駆け寄ろうとするとミコの声が聞こえて、ミコの横でグッと立ち止まる。凜と目が合うと気持ちがブワッと上気した。――が正直よく凜だと分かったなと思うほど、凜はちゃんと青年になっていた。背は伸びて骨っぽい体つきに喉仏まであるし……でも目は昔のままの凜だった。


「――凜がここにいる。」

それだけでこんなにも幸せで穏やかになれるなんて、自分でもびっくりしている。

再会してから一カ月、ハグどころか指先すら触れてもいないけれど、遠く地球の裏側なんかではなく、手を伸ばせば触れられるところに凜がいるだけで心強く感じた。

その反面、いよいよ出産が近づいているミコには、決してこんな自分の気持ちを悟られてはならないと思っていた。ミコは人の心に敏感だから、再会の日の自分を見てから何かを感じ取って少し不安気にしていることがある。

「俺はミコを愛している。」

これは本当だ。ミコも、お腹の子どもも大切だし幸せにしたいと思っている。それに……凜の話を聞いた感じでは、十年かけて俺との約束を果たす準備をして国を越えて会いに来てくれた。それなのに俺は、凜との約束を諦めてミコとの未来を選んだ。今さら凜に触れたいなんて、烏滸《おこ》がましいにもほどがある。

「凜を愛している。」

凜に対して——愛する気持ちは、ある。でも今のそれは恋人とか性的な対象のそれではなくて、よくは分からないけれど家族とか兄弟とかのそういうものに似ているんだと思っている。

愛にカテゴリーがあるのかと聞かれると困ってしまうし、あくまで俺の心の中のカテゴライズだから、パネルやプロジェクターでプレゼンすることは難しい。だから、ミコに目に見える形で証明する意味でも、凜とは二人きりで会わないし、決して触れないと決めた。

——ただ、壱は本当は気づいていた。

そこまでしないと今すぐにでも凛を抱きしめたい自分がいること、二人きりなんかになったら思いっきりキスして泣いてしまいそうなことを。そして自分のそういう気持ちが、三人の未来には毒にしかならないことを。

□□□□□*□□□□□□□*□□□□□

その日はいかにも五月雨という感じの雨降りだった。もうすぐ出産を迎えるミコが、しばらくゆり子に会いに来れないからと大きなおなかを抱えてホスピスに来てくれていた。

このところのゆり子は車いすでは座位を保てなくなってきていて、ベッドに寝ていることが増えていた。ミコがリンゴの皮をむいて、壱がそれをすりおろして、またミコが小さなスプーンでゆり子に食べさせてくれている。

凛たちの声かけには相変わらず反応がないけれど、この日は顔色もよく、すりリンゴも美味しそうに食べていた。凛はこのようにゆり子に食べ物を介助するとき、ゆり子側の視点から見ると、唇にスプーンの感触と甘いリンゴを感じて口を開くと自動的にすったリンゴが口に運ばれて、なんだかおいしいそれを本能的に咀嚼して飲み込んでいるのだろうと、そういう風に思っていた。だからリンゴを食べ終わったゆり子が、すーっとミコのほうに顔を向けて九カ月の大きなお腹にそっと手を伸ばして触れたのを見て、本当に驚いて大きな声が出た。

「母さん?!」

ミコのお腹に触れていたゆり子が、今初めて声が届いたように凛を見た。いつも何も映っていないようだった目がこちらを向いて凛とばっちり目が合うと、その目から大粒の涙が溢れた。声にならない声が漏れてかすかに「り……ん……」と聞こえた気がした。

でもそれは——本当に奇跡の一瞬だった。

「母さん!」

凛がもう一度声をかけたときには、ゆり子の目に光はなく、いつものような何も映っていないようなガラスの目に戻っていた。

「……!!」

凛は嬉しいと悲しいといろいろな気持ちが一気に溢れ、嗚咽が抑えきれなくなって口を塞ぎながら部屋から出ると、あまり人の来ないテラスに向かった。

　壱は、体を震わせて泣くのを我慢して出て行く凛を追いかけたかった。でも、ミコを一人にはできないし、ミコの目の前で凛を追うこともできないでいた。そんな壱にミコが言った。

「壱っちゃん！　行ってあげて！　早く！　凛ちゃんのところに！」

「でも……！　ミコは……！　俺はミコが……！」

「私はここでゆり子さんみてるから！——そうだよ！　不安だよ！……でも親友の凛ちゃんがこんなときに、傍にいてあげない壱っちゃんなんて、私が大好きな壱っちゃんじゃないよ!!」

「ミコ……。」

「早く！　私の気持ちが変わらないうちに行って！」

　壱が出て行ったドアが閉まると、ミコは自分のお腹にそっと触れながら独り言をつぶやいた。

「バカだなぁ……私。」

「あれ？　ミコ姉《ねえ》？——どうしたの？　一人なの？」

居酒屋『Render help to ～』に一人入ってきたミコの様子に、元気が驚きの声をあげる。

「柊子ちゃん、いる？」

「あ、いや、今シスターは社長のところに行ってるけど……。ミコ姉……とにかく少し休んでいきなよ、顔色良くないよ。」

「元気……ありがとう。」

ミコは元気が淹れた温かいお茶を一口飲むと、ほぅっと息を吐いた。体中から力が抜けて解れていく気がした。


あの五月雨の日、壱と凜が少しして部屋に戻ってきたとき、ゆり子は眠っていて、そのそばでミコがゆり子の手を握っていた。

「ミコちゃん、ありがとう……ごめんね、ぼく……」

「――いいのよ、凜ちゃん。」

凜の言葉を少し遮るようにミコが言う。

「壱っちゃん、そろそろお暇しましょう。」

凜の後ろからこちらを見ている壱にミコが声をかけると、壱は立ち上がるミコに手を添えてミコの荷物を引き受けた。

「またね、凜ちゃん。」

ミコはなんとか笑顔で凜に伝えることができた。

壱に凜のもとへ行けと言ったのは自分だ。気持ちはよくないが後悔はしていない。でも具体的に壱が凜をどのようになぐさめたかなんて知りたくなかったし、知る必要もないと思っていたのに、壱のTシャツの胸元に凜の涙で濡れた跡があることにミコは気づいてしまった。だからと言って二人が寄りを戻したわけじゃないのは何となく雰囲気で分かる。おそらく傍から見たら泣いている凜に胸を貸した的な、男の友情シーンビジュアルの域は出ていないだろう。ただそれが逆に、こんなときでさえ二人がミコに気を使って『友情』を維持しているという真実を思い知らされた気がして、いたたまれなくなってしまった。


カラカラと店の入り口の引き戸を開けて柊子が入ると、「シスター！」と元気が走ってきて出迎えた。元気とはかれこれ十八年近く毎日顔を合わせているが、こんなに歓迎されたのは初めてかもしれない。柊子は嬉しいを通り越して、なんだか嫌な予感がした。

――予感は当たった。

子ども食堂に使っている奥座敷に行くと、ミコが泣きそうな顔で待っていた。

「ミコ？」

声をかけると、こちらを向いたミコの両目から大粒の涙が溢れだして、大きな九カ月のお腹にパタパタと落ちた。

「あーあーあーあー……まったくもう、何があったの？」

後ろから元気がこっそり渡してきたタオルでミコの涙を受け止めながら背中を擦ると、ミコは気持ちを落ち着かせるように何度か息を吐く。

「なにもないから、不安なの。」

「……はい？」

「柊子ちゃん、元気も、ありがとう。」

そういってミコは治療院の玄関に入っていった。ミコを送ってきた車からそれを見届けると、さすがの柊子も深いため息をついた。車を運転してきてくれた元気もやりきれない気持ちなのだろう、ハンドルを握る手にぎゅっと力が入っている。

ミコの話を要約すると、確かに「なにもなかった」だった。

しかし、ミコはあのジーちゃんのもとで育ち、ジーちゃんが認めた治療師だ。人の心の機微にとても敏感で、それに寄り添いながら治療を施すことでたくさんの患者を治してきた。病は気からと言うが、身体だけでなく心身を癒すことが重要だといつも言っていた。壱だって、ミコの笑顔に救われた一人だろう。だからこそ、凛が泣いていてもミコのことを考えずにはいられないのだろう。でも今はそれがミコを泣かせていた。

「壱っちゃんは……ちゃんと私のこともこの子のことも、特別で大切に思ってくれているの。でも、凛ちゃんはもっと特別で大切なの。なのに私たちがいるから、凛ちゃんのところに行きたいのを我慢させちゃっている。私だって私とこの子を捨てて、凛ちゃんのところに行ってほしいわけじゃないのよ。でも……。」

「なぁ、柊子。」

「こら、ちゃんとシスターって呼びなさい。」

「あーうん、俺はさ二歳で親に捨てられてるから、どうしても壱が贅沢だと思うんだよ。」

「元気……。」

「だってさ、ろくな奴じゃなかったんだろうけど、壱の親は大学出るまで離婚しないで養育はしてたんだろ？　そりゃあ養育したらいいってもんじゃないのも、親がいればいいわけじゃないのも分かるよ。でも俺に柊子やヨゼフがいたように、あいつにもジーちゃんやミコがいただろう？　凛があいつの特別だからって、凛がいない十年をジーちゃんやミコが支えてきたわけじゃん？　ミコなんか結婚して本当の家族になって、今から命がけで壱の子どもを生むんだぜ？　妊婦を不安にさせるのもどうかと思うけど、さらにこれで凛を選んだら……俺だったら壱を許せないよ。」

「元気……あんたの初恋、ミコだもんねぇ〜。」

「……っばか！　そんなことじゃねぇんだよ！　なぁ柊子、家族って何なんだよ？

俺には分かんねえよ。」

「そうね……家族、かぁ。」

柊子はシスターとして、ヨゼフ神父の運営する、主に問題を抱える親子を救うためのプロジェクトをサポートしてきた。いろいろな事情を抱える家庭をたくさん見てきた。凛の家庭も、元気のこともその中での出会いだった。元気の言葉に、柊子の脳裏にこれまで見てきたいろいろな家庭、家族が思い浮かぶ。時代の変化とともに、今までの教会が主体の運営ではサポートできない家族が増えてきて、大出と協力して今の子ども食堂と就労支援を兼ねた居酒屋『Render help to～』を作った。凜の家族の問題がきっかけだったから、この活動も十年になる。

「生きるということは愛すること。」

「愛するということは行うこと。」

その導きを常に追求してきた柊子でも、悪用する人やずるい人にも出会い、シスターだった頃には感じたことのないような感情を知ることも多々あった。本当に人を『恕す《ゆるす》』とはどういうことなのかを体感してきた。

確かに元気の言う通り履歴だけをさらっと見れば、壱には両親がいたし経済苦もなかっただろう。でも、いろいろな家庭を見てきた柊子だからこその視点から見ると、元気のように明らかな育児放棄をされている子どもは、外野が助けやすいのだ。逆に壱の家庭のように、心理的虐待を外部の人間が気づいて助けるっていうのは本当に難しい。

親の心理も、元気の親なんか「もういらないから、引き取ってよ。」で終わりだったけれど、おかげで早く対処もできた。でも壱の両親は、ジーちゃんが異変に気づいて柊子に相談し、柊子が面談したときに「施設になんてみっともないことできませんよ！　ちょっと出張のタイミングが悪かったから、今回は……。」と言って仕事で忙しいときに施設を利用してはどうかという提案を拒絶したし、今後また隠れて壱を一人で留守番させるだろうなと柊子には予測できた。だからジーちゃんに頼んだ。

凜にしても、国際結婚のハードルが低くはなっている現代だけれど、国をまたいでの離婚はまだまだ厄介だ。更に凜の両親はカトリックだった。昨今、敬虔なクリスチャンでさえも離婚は増えているし、再婚だってある。凜は両親の離婚がこじれて日本中を母親と逃げ回り、アメリカの父のもとではステップマザーとの関係を形成しなくてはならないなど、心の落ち着くことのない子ども時代を過ごしたことで、幼少期から十五歳くらいまでの記憶があいまいだという。唯一はっきり覚えているのが壱とミコとの日々だと言っていた。

大出は礼拝でゆり子と出会い、彼女に心惹かれていろいろと支援してきた。大出は若くして結婚したが、会社を立ち上げて忙しくしていた頃に癌で妻を亡くしている。ゆり子には心惹かれたがプラトニックを貫いている。ゆり子も大出に仕事をもらい精いっぱい働くことで恩を返していた。そのゆり子が妻と同じ癌を患ったと知って、大出は妻のときには余裕がなくてできなかったことも積極的にゆり子に行ってきた。世間的には家族ではないけれど、家族のように支えている。大出には子どもがいない。

だから凜のことも息子のように思っているようだ。

「家族なのに家族じゃない。」

「家族じゃないけれど家族。」

どちらも世間的にはマイノリティーではあるだろう。多様性を声高く訴える人も増えてきたけれど、まだまだマイノリティーに対する補助や制度は少なく、そして偏見は多い。

ミコや壱、そして凜が幸せに暮らすには何が正解になるのだろう。

「このまま……せめてミコの出産まで何もないとよいのだけど。」

柊子は夜のお祈りの後も、深いため息をついて珍しく眠れない夜を過ごした。

――物事には偶然はない。あるのは必然だけだ。どんなに残酷なことでも。でもそれは必ず乗り越えることができる、課せられた試練である。

生前、ジーちゃんがミコのど真ん中に刻み込んだ言葉だ。これまでも、おそらくこれからも、ミコはこの言葉を信じて前に進むと決めていた。これからどんなことが自分とこの子に起きようとも、それがどんなに残酷なことでも、必ずそこには乗り越える意味があると。乗り越えた先にはきっと明るい温かい場所があると。

嵐の前。

命の誕生は、本当に奇跡の連続だった。

「奇跡」という言葉をググると「常識では考えられないような、不思議な出来事。特に神などが示す思いがけない力の働き。またそれが起こった場所。」となっている。世のママたちは何かしらこの奇跡のもと出産を乗り越えたであろうと思われるが、ミコの出産も「奇跡」の集合体みたいだった。


すゑおばあちゃんは、ジーちゃんの頃からの治療院の常連さんだ。この日はいつも使っているハーブのシップが心もとないからと買いに来ていた。

ミコは産休中で仕事は休んでいるが、治療院の患者さんは放っておけないので、お徴が来たらさすがに休診にするとして、それまでは柔整学校の同期の仲間が自分たちの本業の合間を縫ってかわりばんこに来てくれて、開院日数は減らしたが診療を続けている。

今日の担当は身長一八〇センチ体重も八〇キロの大男、和田正太郎《わだしょうたろう》が代診に来てくれていた。お会計が済むと正太郎がミコを呼んだ。すゑおばあちゃんは一人暮らしだから、来院時は最後に背中にシップを貼ってあげるのだが、正太郎が貼るというと「若い男の人じゃあ恥ずかしい。」ということらしい。正太郎は少しシナを作って「いやん、気にしなくていいわよ～う。」と伝えたというが、案の定、更にすゑおばあちゃんの不興を買ったらしい。大きな体を小さくしながら状況を話す正太郎に、「もう！　うちの常連さんに、セクハラしないでよ。」とミコは呆れながらカーテンの中でおばあちゃんにシップを貼った。

――パシャン。子どもの頃に遊んだ水風船が割れたときみたいな……そんな感じだった。力んだわけでも、胎動があったわけでも、きっかけと呼べるようなものもなかった。お腹の下の方で水風船が割れたと感じた。それが破水だと理解したときには足元が濡れていて、一瞬パニックで呆然とする。

動きを止めたミコの異変にいち早く気づいて動いたのは、すゑおばあちゃんだった。それとともにミコは下腹部が急速な陣痛でキューっと収縮していくのを感じて、パニックから現実に引き戻された。

「――ミコちゃん‼　しっかりせんねっ！　破水したのかね？――大男《おおおとこ》ッ！　居るかい？」

　すゑおばあちゃんは、ミコも幼少の頃から知ってるけれど、おばあちゃんのこんな大声を聞いたのは初めてだった。その大声で呼ばれた（？）正太郎がそぉーっとカーテンから顔を出すと、おばあちゃんは正太郎にキビキビと指示を出す。

「大男！　ボケっとせんとありったけのバスタオルを持ってこんね！」

　その言葉に正太郎も状況を把握して、顔色を変えてリネン棚に走る。その間にすゑおばあちゃんはミコを支えながら、リハビリ用のマットが作ってある場所に誘導して横にならせた。戻ってきた正太郎にタオルをひかせながらミコに「いざという時用の入院バッグはあるんだろう？　どこに置いてあるんだい？」と聞き、正太郎にミコの側に付いているように言いつけて自らミコの部屋に取りに行く。戻ると手にはバッグの他に簡単に着替えられそうな下着類とブラウスに妊婦用のジャンパースカートがあり、ミコに付いていた正太郎を今度は追い払って着替えを手伝う。その間もミコに陣痛の有無を確認しながら時計で間隔を確認する。

　あまりの迅速さと無駄のない手際に、ミコも正太郎もされるがままになっていた。

それらが一通り落ち着くと、ミコには「病院に連絡入れなさい。」と指示し、正太郎には「壱に連絡しな。」と命令した。

ただここで、すゑおばあちゃんにも予測できなかった事態が起きた。ミコの陣痛が急激に強まって産気づいてしまったのだ。幸いミコがかけた病院との電話はまだつながっていて、緊急事態を知らせたものの立ち上がることはもう難しそうだった。

――カランカランとドアベルが鳴り、こんなときに誰かが治療院に来たのを知らせる。でもこれが、もう一つの奇跡につながった。

誰もいない待合室のカウンターから「あれ？　ミコー？　居ないの？」と入ってきたのは柊子だった。その後ろから少し遅れて元気も入ってくる。

「柊子ちゃん！」とミコが柊子を呼ぶと、中に入ってきた柊子も元気も一瞬ぎょっとしたが、すぐに状況を把握した。そして、またここですゑおばあちゃんが素早く判断して動いた。場が落ち着いたところで、おばあちゃんがおもむろにミコからスマホを受け取って話し出す。

「あー、電話替わりました。あなた助産師さん？　私ね……たまたま一緒にいた年寄りなんだけど、一応あなたたちの先輩なのよ。もうね、だいぶ赤ちゃんが下りてきているし子宮口も開いてるから、今人手も増えたからここで出産後、病院に連れて行ったほうがいいと思うんだけどドクターの判断が必要なら聞いてきてくれる？　あと、スマホはつないだままにしていいかしら？」

ミコも柊子も知らなかったが、すゑおばあちゃんは元助産師だった。

そこからはあっという間だった。おばあちゃんの指示で正太郎と元気はお湯を用意したり、柊子はミコの背中を擦りながらミコの両親や壱に連絡。一足先に壱が駆けつけ、ミコが上半身をギャッチアップして体育すわりのようにできるように、ミコをバックハグするみたいに抱えて支える。陣痛の度にミコに握られる手がその痛みの強さを伝えてくる。幸い治療院だから衛生用品は大体そろっている。ミコの割烹着に衛生用のラテックス手袋をつけて、すゑおばあちゃんがスルンと赤ちゃんを取り上げた。

「産声がしない？」と一瞬ドキッとしたが、ジーちゃんを自宅介護していたときに使っていた痰の吸引機のチューブを拝借して、おばあちゃんが赤ちゃんの口の中を吸ってあげて背中をポンポンすると「ふぎゃー……！」と元気な産声を上げた。

その瞬間、ミコはやっと力が抜けて涙が溢れてきた。壱も力強くミコの手を握り涙ぐんでいる。柊子と母はほっとしながらもキャッキャと少女のように喜んでいる。父が静かだと思っていたら、どうやらリビングで腰が抜けて立てないらしい。正太郎と元気に至っては、なぜか二人で抱きあって号泣している。

その間もてきぱきと赤ちゃんのお世話をしながら、赤ちゃんの状況を確認して病院に伝えていたすゑおばあちゃんが、「男はしょうがないねぇ。」と言いながら優しい笑顔でまだへその緒がつながったままの赤ちゃんを、綿タオルで包んでミコに抱かせてくれた。

さすがにここでへその緒を切ると止血や感染症が怖いため、鉗子でクリップだけして病院が手配してくれた救急車でそのまま搬送することにしたが、すゑおばあちゃんの大活躍で赤ちゃんは無事病院でへその緒を切ってもらい、ミコも産後の処置をすぐに受けられた。

ミコが処置を受けて赤ちゃんと壱の待つ病室に戻ると、まだ涙目の壱がミコを抱きしめる。

「ありがとう、ミコ。俺と家族になってくれて、こんなかわいい天使を生んでくれて。」

「壱っちゃん。私の方こそ、ありがとう。」

「なぁ、この子の名前なんだけど……。」

いくつか二人で相談していた名前はあったが、実際生まれて顔を見てから最終決定しようと決めていた。

「壱っちゃんはどう思った？」

「うん、それなんだけど。候補にはなかったんだけど……「そら」ってどうかな？　天使の『天』って一文字で。」

「佐久間……天《そら》。うん！　この子にぴったりだね。」

——壱も、ミコも、今までの人生で一番の幸せを感じていた。

嵐が来た。

子育てというものは人を自動的に成長させる。何せ相手はこちらの都合などお構いなしだし、言ってることとやってることが分からないし、ちょっと目を離したらどうなるか分からないし。

「お母さんってすごいなあ……。」

すっかり寝不足のミコの頭の中は、その言葉がぐるぐるループしていた。

天が生まれて三カ月が経とうとしていた。ミコも壱も一人っ子だし親戚付きあいもあまりなく育ったから、赤ちゃんのお世話なんてしたことがなかった。お守りをするだけなら天の争奪戦になるほど人手はあったが、赤ちゃんのお世話となるとどこまでお任せして良いやら迷うところで、結局、母や柊子ちゃんの比率が高くなって、それも三カ月が過ぎると二人にも疲れが見えてきてミコは頼みにくくなっていた。

壱も慣れないながらできることはやってくれているが、仕事もあるし、疲れやストレスがかかると強迫性障害がまた再発することも考えられた。壱の強迫性障害は、凛との再会交流のせいか今のところ落ち着いていた。

「ミコちゃん？　起きてー？　ミルク終わってるよー？」

凛に起こされて、ミコは天にミルクをあげながら寝ていたことに気づいた。

「あー、凛ちゃん。ありがとう。」

エプロン姿の凛がミコから空の哺乳瓶を受け取って、それを慣れた様子で洗い始める。

天のお世話でミコも母も柊子ですらフラフラで挫けかけた時、思わぬ救世主が現れたのだ。ある日、凛が大出とともに天の顔を見に来たとき、疲れ切った面々を見て自分にも手伝わせてもらえないかと言い出したのだ。壱のこともあるしこれ以上深くかかわってしまって良いのか迷った。そんなミコの目を凛がまっすぐに見て言った。

「あの……ぼくは、ステップマザーがぼくが十五歳の時に弟を生んで、ママの手伝いで赤ちゃんのお世話をずっとしてきたし、高校のサマーホリデイはベビーシッターのアルバイトをしていたんだ。ミコちゃん、お願い、ぼくにもミコちゃんを手伝わせて！」

――崩壊寸前のスクワッドに救世主が舞い降りた。しかもその救世主はめっちゃできる奴だった。

「凜ちゃん……いまどき男も女も関係ないけど、男の子にしておくのがもったいないくらい女子力高いよね……。」

圧力なべで煮込み料理をしている間に、今度はせっせと洗濯物をたたんでいる凜に、天のげっぷを促しながらミコが恨めしそうに言う。

「何言ってるの？　ミコちゃんだってできるでしょ？」

「いや、家事もだけど、お肌もさ――なんでそんなにキレイなの？　私なんか最近肌環境がつらくて。」

「それは体質もあるけど、今ミコちゃんはホルモンバランスが通常じゃないんだから、とにかく体と赤ちゃんにいいものを食べて、しっかり眠れるときに眠って。ね？」

「なんでそんなやさしいの～。」

「でも、ミコちゃんはそのままでもかわいいよ？」

「あーん凜ちゃん、ありがとうー。」

カタン……と音がして二人が振り向くと、いつの間にか帰宅した壱が、もはや日常の風景になりつつある、二人の佐久間家リビングダイニング女子トークタイムに目を細めながらニコニコして立っていた。

都合のいい話かもしれないけれど、凜が帰国して再会した頃は、正直いつ壱が自分から離れていってしまうのかが不安で、凜のことを今ひとつ受け入れられなかったミコだが、お母さんのこと、天のことに誠実に向きあう凜を見ていて、今では何の疑いも心配もなく良き友人として頼りにしている。壱もそんな二人を見るのが幸せそうだし、天のこともとても愛してくれている。

「こんな日々が、ずっと続けばいいのに。」と三人とも口には出さないけれどそう思っていた。――なのに、なんで神様は私たちに試練を与えるのだろう。

天のお風呂が終わって、やっと一息ついたときだった。

「あれ？　ホスピスから電話だ。」

凜が電話に出ると少しざわついた音が背景に聞こえる。

「五十嵐凜さんのお電話で間違いないですか？　やすらぎの森のシノダと申します。落ち着いて聞いてください。お母様……五十嵐ゆり子さんの容体が急変しまして、今、ドクターが緊急対応しています。こちらに来ることは可能ですか？」

——凜が病室に駆け込むと、紫がペンライトで目の反射を確認しているところだった。駆け寄って握った手はまだ温かくて、声を掛けたら握り返してきそうだった。

「二十一時三分——ご臨終です。」

「……はい。ありがとうございました。」

凜は、自分でも不思議なくらい冷静だった。母親が死んだのに、なぜだか今はひとつも涙が出なかった。ただ握った手が離せなくて、看護師が困っているのを見て紫がそっと凜の手を解いてくれた。

何事もなかったように穏やかな顔をしている母親がエンゼルケアを受けるのを、少し離れた場所から見ていると「大丈夫か？」と一緒に来てくれた壱が後ろから肩を支えて、病室の外に連れ出してくれた。

どのくらい時間が経ったのだろうか。大出が堺と来て、ちょうどエンゼルケアが終わったので中に入ったと思ったら、大出の男泣きの声が病室の外まで響いてきた。そこに柊子もヨゼフを連れて駆けつけた。ヨゼフに促されて凜と壱も一緒に病室に戻ると、大出もやっと落ち着いたらしく堺に何やら指示をしていた。堺はさりげなく大出にハンカチを渡すと、凜たちに黙礼して外に出て行った。

凜はこれらの全部の光景が、なんだか魚眼レンズでも通して見ているようで、聞こえる声も水の中で聴く音楽みたいだった。肩に置かれた壱の手が温かくて、つい頼ってしまいそうになる。けれどその度に「凜ちゃん！　気をしっかり持って！　二人とも気を付けて行ってね！」そう言って壱と自分を送り出してくれたミコが脳裏に浮かんだ。

「——凜？」

細くて少し神経質そうな女性の声がして振り向くと、白髪の知らない女性が堺に支えられながら立っていた。凜の後ろから大出がその女性に声をかける。

「五十嵐さん、来てくださったのですね。どうぞこちらへ。——凜くん、きみのおばあ様だよ。おじい様は一昨年に亡くなられたんだ。」

「……ってください。」

「え……？」

「帰ってください。こんなにすぐに来られる場所にいたのに、二十五年も放っておいて……何しに来たんですか？」

絞り出した言葉と声は、自分でも驚くほど冷たかった。

「凛くん……。おばあ様には僕が来ていただいたんだ。僕は、ゆり子さんやきみを家族のように思ってはいるが、書類上は赤の他人でしかないから。——それと、これを機にきみにも話したいことがあって、それはおばあ様にも承諾を得たかったから。」

大出が凛に言い聞かせるように言うと、その祖母だという女性は凛に深々と頭を下げて肩を震わせて「ごめんなさい。」といった。

——「ずるい。」と思った。思ってから、びっくりした。びっくりしたけれど……やっぱりずるいと思った。いつか会うことがあったら、ひとこと言ってやろうとは思っていた。離婚後帰国して苦労していたときにも、自分が日本を去ってからも、母さんに救いの手を差し伸べることのなかった、逆に伸ばした手を振り払った人たちに。なのに、こんなに弱々しい姿で来られたら、何も言えない。ここで更にこの人に何か言ったら、もうボコボコに打たれて立ち上がれないボクサーに、更にマウントして殴るようなものだ。

ぽんっと優しく腰のあたりをタップされたと思ったら、壱が「凛、もう、いいよな？——凛のおばあさん、赦されたとは思わないでください。ただ、こいつはたぶんもうあなたを責めることができないだけなんです。」と言った。

腰に添えられた手が温かくてホッとして、肩から力が抜けると初めて涙が頬にこぼれた。こぼれ始めたら今度は止まらなくなった。

腰にあった壱の手が凜を誘導して、壱の胸に顔をうずめられるようにしてくれると、凜は母親が亡くなってから初めて壱にしがみつくようにして声をあげて泣いた。

夏の始まり。

「壱？　聞いてる？」

凛が壱を覗き込みながら聞いてくる。

「あ？　ああ、聞いてるよ。」

壱は、凛に見惚れていたということを気づかれないように明後日のほうを向いて答える。


――困ったことになっていた。


凛の母親が亡くなってひと月が経ち、季節は夏になっていた。

天も最近はよく笑うようになって、寝返りもどきも始まった。ミコは完全ではないが少しずつ治療院の仕事を始めていた。

今日は日曜日で壱も凛も仕事が休みなので、ミコは天を凛に預けて五カ月ぶりの美容室に行っていた。

このひと月、凜と二人きりになることなんて山ほどあったが、葬儀や相続のことや諸々で二人きりを意識していなかった。

それに凜の母親が危篤のときも、葬儀のときも、ミコが自分を信頼して凜のもとに送り出してくれたことを壱は重々分かっているつもりだった。

――分かっているつもりだ、現在《いま》も。

なのに今日は、凜が天をあやす笑顔も、真剣に料理を作る様子も、俺と同じものを見て笑うのも……凜の一挙手一投足にドキドキして見惚れてしまう。

「壱～？」

「んあ？　聞いてるぞ？」

「……フフッ、何も言ってないよーだっ！」

天を抱っこして寝かしつけをしながら、凜がいたずらっぽく笑う。

「――……！」

壱が我に返ったときには、壱は凜にキスをしていた。

カタン……と物音がして見ると、リビングの入り口にミコが立っていた。

「ミコ！　あの……」

「ミコちゃん?!」

タイミング的に絶対に今のキスをミコは見ているのに、ミコは少し微笑みを浮かべながら入ってきて、凛が抱っこして眠っている天を愛おしそうに受け取る。

「——壱っちゃん、ごめんね。」

「……え?」

「私ね……壱ちゃんよりも大切な人ができたの。」

天を愛おしそうに見つめながらミコが言葉を続ける。

「壱っちゃんが好きよ、愛している。でも、もっと守りたいの、天を。」

そう言いながらこちらを向いたミコは、微笑みながら泣いていた。

「ミコちゃ……」

「——だからね！　壱っちゃんは凛ちゃんにあげる。」

「——そんなっ！　ミコ！」

「そうだよ！　ミコちゃん……壱は……」

言いかけた凛の言葉をミコが遮る。

「私は生きていけるのよ、天がいれば。でも、壱ちゃんと凛ちゃんは違うでしょ？」

まっすぐに俺を見るミコは、俺が今まで見てきた中で一番綺麗で強かった。その目の前では、その場しのぎの言い訳も気を使った小さな嘘をつくこともできないと悟った。

「――分かった。」

「壱!!　ダメだよ！――ミコちゃんも少し冷静に……」

凛がミコと天の傍に駆け寄ろうとするのを、ミコが目線で止める。

「壱ちゃんと凛ちゃんに、ひとつだけお願いがあるの。」

「え……？　お願いって……ミコちゃん！」

天が寝ているから大きな声は我慢しているものの、凛のそれはもう悲鳴のようだった。

その凛と俺を見つめて、やっぱり少し微笑みを浮かべながらミコは言った。

「――もう二度と私たちの前に現れないで。」

夏が終わるとき。

どのくらいの時間そうしていたんだろうか。

あたりはすっかり暗くなっていた。秋の夕暮れはストンと夜に変わる。さすがにこのままへたり込んでいるわけにもいかず立ち上がろうとしていると、チリンチリン……とドアベルの音がして天が戻ってきた。ミコはなんとか平常心を保って「お帰り。」を言うことができた。

天はミコに何か聞きたそうにはしていたけれど、結局何も聞かないで治療院の片づけを手伝った。お互いに聞きたいことは山ほどあったけれど、いったい何から聞けばいいのか分からなかったし、ミコにいたっては何か言葉を発したら自分がどうにかなりそうで怖かった。

その夜、天は夢を見た。

その人は、木漏れ日のように穏やかでキラキラしていて、とても綺麗だった。大きな筋張った手は確かに男の人の手なのに、肌は陶器のように乳白色で触ったらとろけそうに繊細だった。その手が天の頬に触れると、天の鼓動は途端に速くなる。日の光にサラサラの色素の薄い髪が揺れて、大きな目に見つめられると、もう夢中でその人の唇に自分の唇を押し付けた。

夢の中では最高に幸せな気分だったが、目が覚めるとその何倍もの罪悪感に襲われた。

「マジか……あの人は先生だぞ？　しかも男の。」

□□□□□*□□□□□□*□□□□□

「ただいま……。」

この時間は誰もいないと分かっていても、つい習慣で言ってしまう。

「おう、おかえり凜。」

誰もいないと思っていたリビングから壱がひょっこり出てきて驚く。と同時に、今日自分がしてしまった事の重大さを思い出して、壱への申し訳ない気持ちで泣きそうになる。でも、本当に泣きたいのは自分ではなくてミコちゃんなんだと涙を引っ込めてリビングに向かう。

「壱、あのね……今日。」

キッチンで夕食の準備をする壱に話をしようと声をかけると、壱は困ったように眉を寄せて笑って言う。

「堺さんから……電話をもらったよ。天とミコに会っちゃったんだろう?」

「……ごめん! 壱。」

「まあ、約束違反をしたことは事実だからしかたない。ただ、今後をどうするかは考えなくちゃな。」

「え? 考える……って?」

てっきり十六年前のように、壱も自分も仕事を辞めて遠方に移住しなければならないと思っていたから、壱の微妙なニュアンスが引っ掛かった。

壱の話によると、堺が伝えてきたのは約束違反を咎める内容というよりは、「天に何をどう伝えるか。」ということを話しあわなければならないという内容だった。

「ミコも……はじめは凜が偶然とはいえ天と現れたことに怒りを感じたらしいんだ。

でも、天が帰ってきてから自分と凜の関係性をどう説明すればいいのか分からなくなって柊子さんに相談したらしくて。そこからまた大出さんに話が行って、法的なことも含め調べて堺さんが連絡してきてくれたんだ。俺たち大人は、大人の事情よりも天のこれからを考えてやらないとな。」

「そっか……そうだよね。ぼくもいろいろな意味で考えが甘かった。本当にごめん。」

「まぁ、それだけ天が成長したってことと、時間が経ったんだよな。ミコはすごいな、相変わらず。」

□□□□□*□□□□□□□*□□□□□

「……は？　なんでだよっ!?」

天が立ち上がって叫んだ。

一瞬の間《ま》の後に、部屋の中の大人たちは申しあわせたようにきょとん顔をした。

「天？　なんでって、なんで？」

きょとんを代表して、ミコが顔を真っ赤にして立ち尽くす息子にお伺いを立てる。

「……ったんだよ……！」

「はい？」

「初恋だったんだよ！　初めてひとめぼれをしたんだ！　……なのに、相手が自分のとーちゃんのコイビトって！　なんなんだよっ!!」

「……ぷっ!!　ハハハハハッ……ご、ごめんっ、天……でも、もうガマンできない！」

思いもよらない天の告白にかなり長い静寂の後、静寂を破ってふき出したのはミコだった。

「かーちゃん！　笑うなよ！　お、俺は真剣なんだぞ！」

涙目で訴える十六歳の息子が可愛すぎて、悪いと思いながらも笑いが止まらないミコだったが……。

「──すごいね、天。……あなたのとーちゃんも、凜ちゃんに初恋で、ひとめぼれだったんだよ。」

「ミコ！」

「ミコちゃん！」

「もう、いいじゃないの。二人とも何おすましてるのよ。私ね、とっくの昔に二人のことを怒ったり、恨んだりって飽きちゃったの。だって、子育てって本当に毎日奮闘で、マイナスの気持ちなんて維持できないのよ。それに……壱ちゃんも凜ちゃんも、どうしても嫌いになれなかったの。だって私……あの夏に、二人の初恋の始まりを見ていたから。」

笑い泣きの涙を拭いながらミコは少し昔を思い出すように言う。

「ミコ……やっぱりミコには一生かなわないな、俺は。天、お前のかーちゃんはこの世の中で最強で最高の女神だぞ。」

壱が天の頭をクシャクシャと撫でながら言うと、天はそれを払いのけつつ――。

「――はぁ？　自分は凜先生を選んでおいて何言ってんだ？　かーちゃんはめちゃくちゃ頑張って俺を育ててくれたんだぞ！」

壱に対しては、だいぶ複雑な心情を露わにするも、全然本気で嫌っていないのが分かる態度に壱も嬉しそうにしていると、ミコが「そーらー！　あんたいい子に育ったわぁー！」と天を抱きしめる。その様子に凜が「天くん、きみは本当に素敵な子だね！」と言いながら目を細める。

凜に褒められてニヤついてた天がフッと息を吐く。

「――天？　天は、どうしたい？」

ミコが天に聞く。

「かーちゃん？」

天がその真意を窺うようにミコを見る。ミコはいつか柊子に連れて行ってもらった礼拝堂のマリア様みたいに穏やかに微笑んでいた。

「天がとーちゃんと暮らしたかったり、これからも会いたいっていうなら、かーちゃんはいいと思うの。今までは別れたとーちゃんの恋人が凜ちゃんで、その……男の人っていうのもあって詳しいことは言わないできたけれど。」

「とーちゃんに会えたことは、正直嬉しいよ、なんで俺にはとーちゃんがいないんだろうって思っていたから。」

「天くん……。」

「あ、凜先生、謝らないでよ？　俺、かーちゃんとスゲー幸せに暮らしてるんだから。」

「天〜！」

「あー！　いちいち抱きつくなよぉ、かーちゃん。」

「天……。」

「ああん?!　とーちゃんは反省しろよ、かーちゃんを泣かして、凜先生を困らせてんだからなっ！――て、柊子も大出のおじさんもそろそろ泣き止んでよ！」

「――失礼します。」

現場がカオス化してきたところで堺が部屋に入ってくると、大出にハンカチを渡す。大出が驚いたように「堺くん、きみは魔法使いのようだね！」というと、堺は「はあ、もう聞き飽きましたよ、それ。」と慇懃無礼のお手本のように言い放つ。

「俺、今まで通り進学とか就職で家を出るときまで、かーちゃんと暮らすよ？――ただ、もし、かーちゃんが本当に嫌じゃないんなら、とーちゃんにも会ってやってもいい。あ、喜ぶなよ？　凛先生だけ、俺に会ってるってのも不平等だろ。……なっ、なんだよ?!　文句あんのか？」

天の最上級のツンデレに、大人たちは目を細める。

「ねぇミコ？　この子は本当にあなたと壱の子なのかしら？　天使すぎない？」

「ヤダ、柊子ちゃんもそう思う？　あら？　ヨゼフ、いつ来たの？」

リビングの入り口にいつの間にかヨゼフと元気が立っていて、いつから聞いていたのかこれもまた天に生ぬるい微笑みを送っている。

「愛じゃよ、愛。」

本気かパクリか分からないヨゼフの名言に、一同何も言えずにその日の「話し合い」はお開きとなった。

エピローグ

九月も半ばを過ぎると一気に秋めいてきて、南向きにある弓道場の縁側は日向ぼっこにちょうどいい。

予期せぬエンカウントからひと月が経とうとしていた。


「ミコ姉、できたよ。」

元気がホクホクの焼き芋を半分にして渡す。庭の落ち葉集めをしていたら焼き芋が恋しくなって、わざわざキャンプ用の焚火セットを持ち出して焼き芋を作っていた。

「ありがと。」

焼き芋はホクホクの中がトロットロで、いい出来だった。

美味しそうに焼き芋をほお張るミコに見惚れていた元気が、ミコの唇に付いたお芋のかけらを取ろうと手を伸ばして……。

「はぁ～?!　元ちゃん！　俺のかーちゃんになにキスしてんだよ?!」

ちょうど帰宅した天の大声で元気は我に返った。目の前のミコは目を閉じるどころか真ん丸にして顔は真っ赤になっている。

「あ、えっとぉ……。」

「いくら元ちゃんでも、いい加減な気持ちならゆるさ……」

「いい加減なんかじゃない！　ずっと好きだったんだ！　子どもの頃からずっと！」

元気の珍しく真剣な物言いに、さすがの天もそれ以上何も言えなくなった。


瀬名美子《せなみこ》家のリビングには、ミコ、天、壱、凜、柊子、大出、ヨゼフ、堺、ミコの両親そして元気が集結していた。

「ねぇ天、これはやりすぎじゃ……。」

「かーちゃんは黙ってて！　今から家族会議をします！　議題は……元ちゃんがかーちゃんにキスをした件について！」

――天が高らかに宣言した。

□□□□□*□□□□□□□*□□□□□

人は愛ゆえに迷うこともあれば、愛ゆえに迷わないこともある。あなたはなぜその人なのか説明できないくらい、どうしようもなく人を愛したことがありますか？

そして、生きるということは、愛すること。愛するということは行うこと。

――物事には偶然はない。あるのは必然だけだ。どんなに残酷なことでも。でもそれは必ず乗り越えることができる、課せられた試練である。

でも、この世界戦をひとりで戦う必要はない。愛する人たちと共に最強パーティーでも、スクワッドでも組んで進めばいい。エンカウントとステージクリアーを繰り返して、クリアーな未来を目指していく。

――それでいいのだ！

著者プロフィール

はに。

茨城県在住のアラフィフ母さんです。

本を読むことが大好きだったが、最近は老眼で読書がつらくなってきた。向田邦子さんの作品が好きで、若い頃はエッセイを書いていた。30代で演劇やドラマなどに刺激を受けて、小説を書くことにチャレンジを始めるも日々の生活の忙しさで書けなくなる。

子どもが自立して、親の介護も終わったタイミングで再挑戦して書いたのがこの作品です。独りは気楽だけれど、自分のためだけに生きるって少し難しい、人や何かと関わることは面倒くさくもあるけれど、自分と「何か」大切に思える人やモノのために生きるほうがやっぱり楽しいのだと最近になって気が付きました。

趣味は、推し活とカラオケアプリで歌うこと。

夕暮れに透明な恋をした。

2025年1月15日　初版第1刷発行

著　者　はに。
発行者　瓜谷 綱延
発行所　株式会社文芸社
〒160-0022　東京都新宿区新宿1－10－1
電話　03-5369-3060（代表）
03-5369-2299（販売）

印　刷　株式会社文芸社
製本所　株式会社MOTOMURA

ISBN978-4-286-26168-3